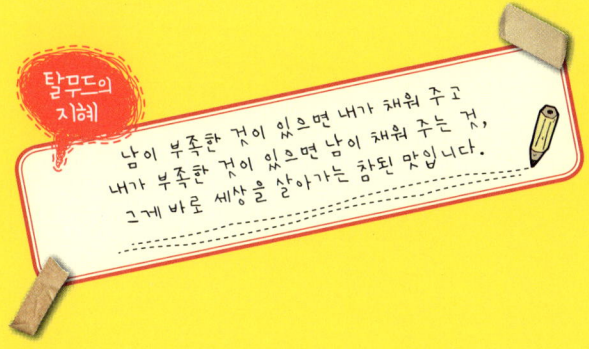

탈무드의 지혜

남이 부족한 것이 있으면 내가 채워 주고
내가 부족한 것이 있으면 남이 채워 주는 것,
그게 바로 세상을 살아가는 참된 맛입니다.

읽으면
읽을수록
생각이 깊어지는

탈무드
이야기

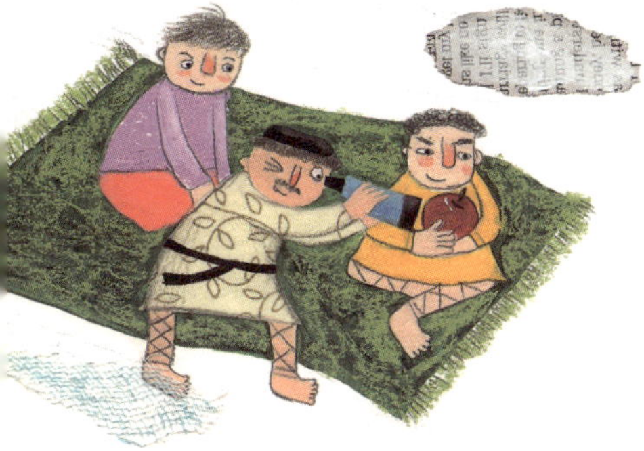

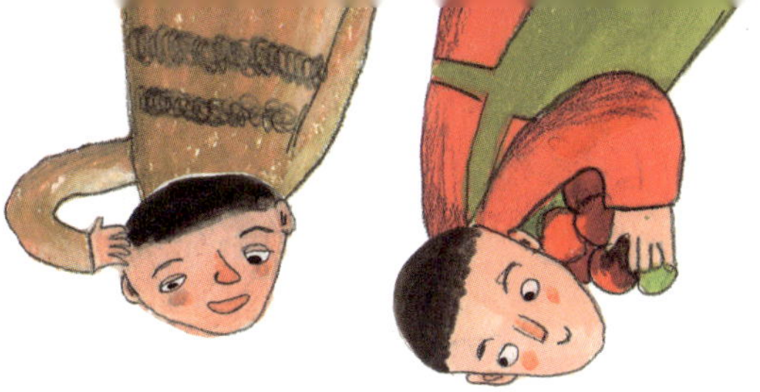

읽으면 읽을수록

생각이 깊어지는

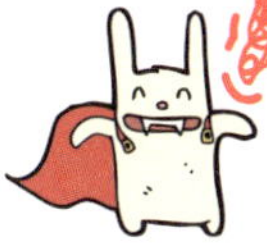

글 **김현태** | 그림 **홍희숙**

탈무드 이야기

가람어린이

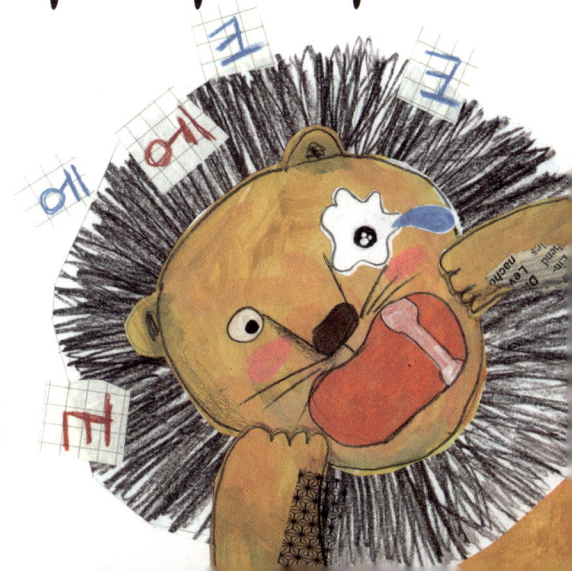

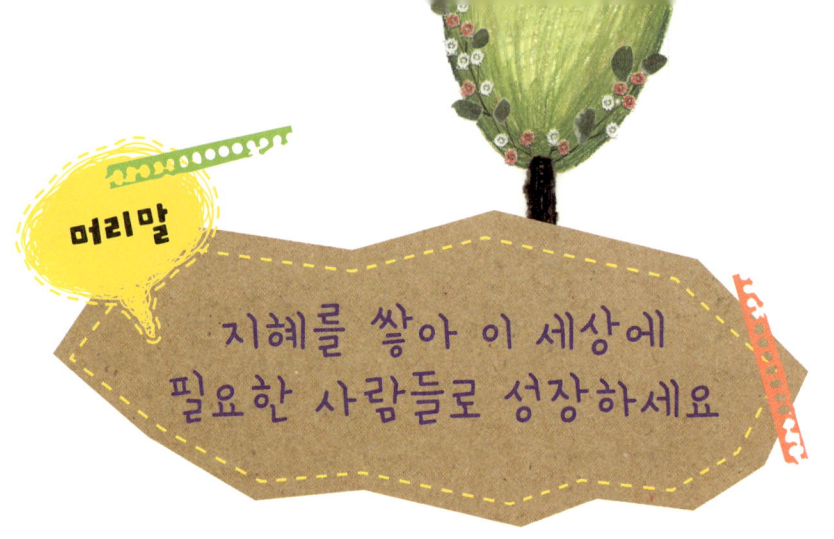

지혜를 쌓아 이 세상에 필요한 사람들로 성장하세요

유명한 애꾸눈 장군이 있었어요. 그 장군은 죽기 전에 자기 초상화를 남기고 싶었죠. 그래서 실력 있는 화가 여럿을 불렀어요. 화가들은 장군의 초상화를 그리기 시작했어요. 어떤 화가는 애꾸눈을 그대로 그렸고, 또 어떤 화가는 양쪽 눈이 다 있는 것처럼 그렸어요. 장군은 고개를 내저었어요. 애꾸눈을 그대로 그린 것도 맘에 들지 않았고 성한 눈을 그린 것은 사실과 다르기 때문에 역시 맘에 들지 않았어요. 여러 화가들이 다양한 초상화를 그렸지만 어느 것도 장군의 마음을 사로잡을 수 없었지요. 그런데 어느 젊은 화가가 그린 초상화를 보고 장군은 만족해했어요. 그 젊은 화가는 장군의 성한 눈 쪽에서 본 옆모습을 그렸던 거예요. 장군은 지혜로운 젊은 화가에게 큰 상을 내렸답니다.

여러분도 살다 보면 수수께끼처럼 어렵고 까다로운 문제와

만날 때가 있어요. 그럴 때는 당황하지 말고 지혜를 발휘해 그 문제를 슬기롭게 해결해야 해요. 모든 문제에는 분명 해답이 있기 마련이니까요.

그렇다면 문제를 해결할 수 있는 '지혜'는 어디서 오는 걸까요? 지식은 교육을 통해 얻을 수 있지만 지혜는 그렇지 않아요. 지혜는 다양한 경험이나 창의력을 통해서 얻을 수 있는 거랍니다. 경험과 창의력을 얻기 위해서는 독서만 한 게 없어요.

이 세상에는 지혜를 얻을 수 있는 책들이 수없이 많지만 그 중에서도 가장 적합하고 유용한 건 단연 '탈무드'예요. 탈무드는 5천 년에 걸친 유태인의 생활과 문화, 종교, 도덕 등이 모두 담긴 책이지요. 비단 유태인에게만 적용되는 게 아니라 오늘날까지 전 세계인에게 삶의 지침서가 되고 있어요. 탈무드만 제대로 읽는다면 인생을 살아가는 데 큰 도움이 될 거예요.

특히, 이 책은 어린이의 눈높이에 맞게 재미있고 유익한 이야기만 쏙쏙 뽑아 엮었어요. 이 책을 통해 여러분 모두가 지금보다 훨씬 더 지혜로운 사람이 되길 바라며 아울러 세상에 꼭 필요한 존재로 성장하길 바랍니다.

김현태

차례

첫 번째 배움

지혜로 세상의 주인 되기

두 번째 배움

생각의 폭 넓히기

셋째 배움 스스로 행복과 희망 만들기

넷째 배움 나보다 우리를 생각하는 마음으로 살기

다섯째 배움 진실한 마음으로 문제 해결하기

첫 번째 배움

1

지혜로
세상의 주인 되기

세상에서 가장 가난한 사람은

지혜가 없는 사람입니다.

지혜가 없으면 세상이 두렵고,

사람과의 만남도 피하게 되고,

매사에 자신감이 없습니다.

그러나 지혜로운 사람은 언제나

당당하고 어려운 일도 잘 헤쳐 나갑니다.

돈보다, 명예보다, 힘보다 더 강한 게

바로 지혜입니다.

지혜를 가진 사람만이

세상의 주인이 될 수 있습니다.

1 청년이 지붕으로 올라간 까닭

어느 마을에 한 청년이 살고 있었습니다.

그 청년에겐 꿈이 있었습니다. 바로 공부를 열심히 해서 위대한 학자가 되는 것이었습니다. 그러나 집안 형편이 어려워 수업료를 낼 수가 없었습니다. 그렇다고 공부를 포기할 순 없었습니다.

"그래, 열심히 일을 해서 수업료를 버는 거야."

청년은 힘든 일, 궂은일 가리지 않고 열심히 일했습니다. 몇 개월 후, 마침내 수업료를 낼 수 있을 만큼 돈이 모였습니다.

"이제 나도 학교에 다닐 수 있어."

청년은 야간 학교에 다녔습니다. 낮에는 계속해서 수업료를 벌기 위해 일을 했고, 밤에는 공부를 했습니다. 낮에 일하느라 몸이 피곤했지만, 공부하는 동안은 너무나 즐거워 피곤한 줄도 몰랐습니다.

그러던 어느 날, 청년은 갑자기 병이 나고 말았습니다.

　청년은 한숨을 내쉬었습니다.

　"아파서 일을 못 하니 수업료를 마련할 수가 없잖아. 배가 고픈 건 참을 수 있지만 공부를 못 하는 건 참을 수가 없는데……. 계속해서 공부할 방법이 없을까?"

　오랜 생각 끝에 한 가지 방법이 떠올랐습니다.

　날이 어두워지자, 청년은 황급히 학교로 갔습니다. 그러고는 교실로 들어가지 않고 교실 지붕으로 기어 올라갔습니다. 지붕에는 햇빛이 잘 들도록 만들어 놓은 창문 하나가 있었습니다.

　"조금 힘들어도 이 창문에 귀를 대고 있으면 선생님의 말씀이 잘 들릴 거야."

　청년은 지붕에 엎드린 채 창문에 귀를 바짝 댔습니다. 작게나마 선생님의 목소리를 들을 수 있었습니다.

그러다가 청년은 자기도 모르게 스르르 잠이 들고 말았습니다. 수업을 마친 학생들은 모두 집으로 돌아갔지만, 청년은 계속해서 잠을 잤습니다.

다음 날, 아침이 되자 학생들이 하나둘 교실로 모여들었습니다. 곧 수업이 시작되었습니다.

"날씨가 맑은데 교실이 왜 이렇게 어둡지?"

선생님과 학생들은 영문을 몰라 고개를 갸웃거렸습니다.

그때 한 학생이 천장을 올려다보더니 소리쳤습니다.

"창문에 사람이 있어요!"

선생님과 학생들은 깜짝 놀랐습니다. 힘이 좋은 학생 몇 명이서 후다닥 지붕 위로 올라가 청년을 끌고 내려왔습니다.

선생님은 휘둥그레진 눈으로 청년에게 물었습니다.

"도대체 이게 어떻게 된 거니? 왜 지붕 위에 있는 거야?"

청년은 머리를 긁적거리며 말했습니다.

"죄송합니다, 선생님. 수업료가 없어서 지붕 위에서 몰래 수업을 엿들었습니다. 다음부터는 이러지 않겠습니다."

청년의 말을 들은 선생님은 배우고자 하는 청년의 열정에 감동했습니다.

"자네한테는 수업료를 받지 않겠네. 그러니 다음부터는 교

실에서 수업을 듣도록 하게."

　그날 이후로 청년은 수업료를 내지 않고 공부를 할 수 있었습니다. 그리고 훗날, 청년은 마침내 꿈을 이뤘습니다. 위대한 학자가 된 것입니다.

좋은 생각 지혜에 가득

아무리 타고난 재능과 뛰어난 능력을 갖췄다고 해도 배움을 게을리해서는 안 됩니다. 하나하나 새로운 지식을 알아 가는 재미에 한번 빠져 보세요.

2 가장 큰 재산은 무엇일까?

화려하고 거대한 배에 사람들이 올라탔습니다.

배에 탄 사람들은 하나같이 다 엄청난 부자였습니다. 모두들 반짝반짝 빛나는 귀한 목걸이를 목에 두르고 손가락에 금반지를 끼고 있었습니다. 입은 옷도 화려하고 꽤 비싼 것들이었습니다.

그런데 그들 가운데 한눈에 보기에도 가난해 보이는 한 청년이 있었습니다.

부자들은 그 청년을 힐끔힐끔 쳐다보며 말했습니다.

"저 청년은 도대체 뭐야? 우리 같은 부자들이랑은 어울리지 않아."

"그러게 말이야. 그러니까 저 구석에 있는 거겠지."

"하하하."

부자들이 이번에는 서로 자기가 제일 돈이 많다고 뽐내기 시작했습니다.

"우리 집에는 아주 값비싼 황금 두꺼비가 있네. 아마 그것 하나면 집을 스무 채는 넘게 살 거야."

"겨우 그건가? 우리 집 안에는 수영장이 있지. 여름에 한 번씩 놀러 오게."

"수영장은 우리 집에도 있네. 자네들, 자동차는 몇 대나 있나? 우리 집은 자동차가 무려 서른 대나 있네. 나는 매일 다른 차를 타고 다니지."

부자들이 서로 잘난 척을 하는 사이, 언제 다가왔는지 청년이 부자들에게 불쑥 한마디 했습니다.

"여러분보다 제가 더 부자입니다. 그렇지만 지금 당장은 제 재산을 보여 줄 수 없습니다."

부자들은 낄낄거리며 청년을 비웃었습니다.

그런데 그때, 무시무시한 해적들이 배를 습격했습니다. 해적들은 부자들의 금반지며 돈이며 모두 빼앗아 갔습니다. 부자들은 한순간에 빈털터리가 되고 말았습니다.

배는 어느 낯선 도시에 닿았습니다.

부자들은 당장 먹을 것도 없고 옷도 없어서 배고픔과 추위에 떨어야만 했습니다. 게다가 놀고먹는 데만 익숙해서 일을 할 줄도 몰랐습니다.

결국, 부자들은 도시에서 가장 가난하고 비참한 거지가 되고 말았습니다.

그러나 청년은 달랐습니다. 평소 공부를 열심히 한 청년은 학식과 교양이 풍부해서, 학교에서 아이들을 가르치는 선생님이 될 수 있었습니다.

일을 열심히 해서 돈을 번 청년은 먹을 것 걱정 없이 생활하고 근사한 집까지 장만할 수 있었습니다.

그러던 어느 날, 청년은 거리에서 허름한 옷차림으로 구걸을 하는 사람들을 만났습니다. 그 사람들은 바로 배 위에서 만난 부자들이었습니다.

그들 중 한 명이 청년을 보며 말했습니다.

"그때 당신이 왜 우리보다 부자라고 했는지 이제야 깨달았소. 진작 나도 공부 좀 할걸……."

청년은 그들을 외면하지 않고 도와주었습니다.

'아는 것이 힘이다.'라는 말이 있습니다. 세상에서 제일가는 부자는 책도 많이 읽고 공부도 열심히 하는 사람입니다.

3 천장에 매달린 과일 바구니

두 남자가 있었습니다. 그들은 오랜 여행을 한 탓에 몹시 지치고 힘들었습니다. 때마침 조금 떨어진 곳에 빈집이 있었습니다.

"저기서 잠깐 쉬었다 가자."

집 안으로 들어가 보니 천장에 과일 바구니가 매달려 있었습니다.

"어, 과일이다. 우리 저거 꺼내 먹자."

"그래, 좋아."

그런데 과일 바구니가 너무 높은 곳에 있어서 손이 닿지 않았습니다.

한 남자가 한숨을 내쉬었습니다.

"과일 바구니가 있으면 뭐해. 그림의 떡이잖아. 그냥 포기하자."

그러자 다른 남자가 말했습니다.

"그게 무슨 소리야. 포기라니? 그건 안 돼. 생각해 봐, 과일 바구니가 발이 달려서 스스로 저 위에 올라갔겠어? 아니야. 누군가가 올려놓은 거야. 그러니 분명히 방법이 있을 거야."

남자가 집 밖으로 나가 사다리를 가져왔습니다.

"내 말이 맞지? 방법이 있을 거라 했잖아."

두 남자는 맛있는 과일로 배를 채울 수 있었습니다.

아무리 어려운 문제라도 곰곰이 생각해 보고 용기를 내어 부딪쳐 보면 의외로 쉽게 해결할 수 있습니다. 할 수 있다는 믿음을 가지세요.

79

4 우리 공주, 이렇게 자랐구나

큰 나라를 다스리는 왕이 있었습니다.

왕에겐 여러 명의 왕자가 있었습니다. 왕은 예쁜 공주를 원했습니다.

그러던 어느 해, 기다리고 기다리던 공주가 태어났습니다. 왕은 기분이 좋아 덩실덩실 춤을 추었습니다.

"드디어 공주가 태어났구나. 어쩌면 이렇게 귀엽고 예쁠

까. 세상을 다 가진 것 같구나."

왕은 사랑스러운 공주 옆을 잠시도 떠나지 않았습니다. 그런데 눈만 깜박이고 울기만 하는 공주를 보니 좀 답답했습니다. 어서 다 자란 공주의 모습을 보고 싶었습니다.

왕은 신하들을 불렀습니다.

"공주를 빨리 자라게 하는 약을 만드는 자에게 아주 큰 상을 내리겠노라고 나라 안의 모든 의사들에게 알려라."

이 소식을 들은 의사들은 어안이 벙벙했습니다.

"빨리 자라게 하는 약을 누가 만들 수 있지?"

"그러게 말이야. 우리는 의사지 마법사가 아니야."

그러던 어느 날, 의사 한 명이 왕궁에 들어왔습니다. 그 의사는 자신감이 넘치는 목소리로 왕에게 말했습니다.

"제가 그 약을 구해 오겠습니다."

"정말이냐? 그게 가능하겠느냐?"

"물론입니다. 그러나 그 약은 아주 귀해서 구하기 힘드니 시간이 꽤 걸릴 겁니다."

"그래, 구하는 데 어느 정도 시간이 걸리겠느냐?"

"12년이 걸립니다."

왕은 짧은 한숨을 내쉬더니 이내 고개를 끄덕였습니다.

"좋다. 12년쯤이야……. 공주의 자란 모습을 보기 위해 그 정도의 시간은 내 기다릴 수 있지."

"폐하, 단 조건이 있습니다. 제가 약을 구해 올 때까지 공주님을 보아선 안 됩니다. 그렇게 할 수 있으시죠?"

"그렇게 하마. 다 자란 공주의 모습을 볼 수 있다면야 그쯤은 참을 수 있지."

왕은 매일매일 공주를 보고 싶었지만 꼭 참았습니다.

어느덧 12년이라는 세월이 흘러 드디어 의사가 왕 앞에 나타났습니다. 왕은 떨리는 목소리로 말했습니다.

"그래, 어서 오게. 약은 구해 왔는가?"

"예, 폐하. 잠시 기다려 주십시오. 공주님께 약을 먹인 후,

모셔 오겠습니다."

잠시 뒤, 왕 앞에 열두 살이 된
공주가 나타났습니다.

왕은 두 눈이 휘둥그레졌습니다.

"놀랍도다! 공주가 이렇게 자라다
니……. 분명 그 약을 먹고 이렇게
빠르게 자랐단 말이냐."

왕은 공주를 품에 안고 눈물을 흘
리며 기뻐했습니다.

공주 역시 기쁨의 눈물을 흘렸습니다.

의사는 왕이 내린 큰 상금을 받고 유유히 사라졌습니다.

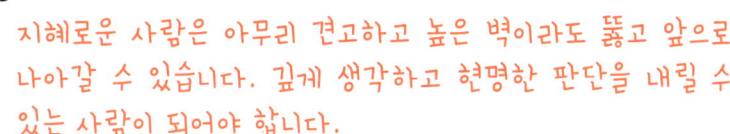

지혜로운 사람은 아무리 견고하고 높은 벽이라도 뚫고 앞으로
나아갈 수 있습니다. 깊게 생각하고 현명한 판단을 내릴 수
있는 사람이 되어야 합니다.

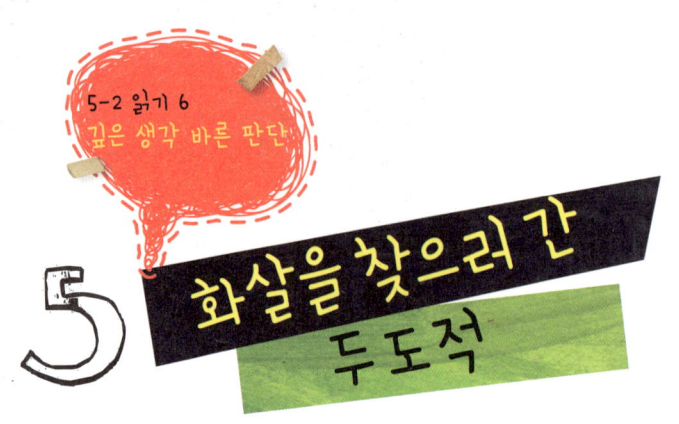

5 화살을 찾으러 간 두 도적

노인이 나귀를 타고 숲길을 가고 있었습니다.

날은 어둡고 바람은 거세게 불고 금방이라도 무서운 짐승이 튀어나올 것만 같았습니다. 아니나 다를까 숲 속에서 무언가가 갑자기 튀어나왔습니다.

노인은 깜짝 놀라 뒤로 자빠졌습니다.

"누, 누, 누구요?"

노인 앞에 나타난 것은 도적 두 명이었습니다.

"꼼짝 마라! 소리를 지르거나 도망친다면 이 활로 쏘아 버리겠다."

"알겠습니다. 목숨만은 살려 주세요."

도적들은 노인에게서 나귀와 짐을 빼앗았습니다.

그때부터 두 도적은 아옹다옹 다투기 시작했습니다.

"이 나귀는 내가 가질 거야. 너는 짐 보따리나 가져."

"그게 무슨 소리야? 이런 짐 따위는 필요 없어. 지금 나에

게 필요한 건 나귀야. 나귀는 내 거란 말이야!"

급기야 두 도적은 멱살을 잡고 몸싸움을 벌였습니다.

옆에서 지켜보던 노인은 좋은 생각이 떠올랐습니다.

노인은 두 도적에게 조심스럽게 말했습니다.

"그렇게 싸우다간 날 샐 것 같소. 차라리 이렇게 하는 게 어떻겠소?"

"무슨 좋은 방법이라도 있소?"

"물론 있지요. 그 활과 화살을 나에게 주시오."

도적은 활과 화살을 노인에게 건넸습니다.

"내가 화살을 쏘겠소. 하나는 동쪽으로 쏘고, 다른 하나는 서쪽으로 쏘겠소."

"화살을 쏘는 것과 나귀를 갖는 것이 대체 무슨 상관이 있단 말이오?"

"둘이서 시합을 하는 겁니다. 내가 동쪽과 서쪽으로 각각 화살을 날려 보내면 당신은 동쪽으로, 당신은 서쪽으로 가서 화살을 찾아오세요. 먼저 찾아온 사람이 이 시합에서 이기는 겁니다. 이긴 사람이 나귀의 주인이 되는 거죠. 물론 늦게 온 사람은 짐 보따리를 갖고요. 어떻소?"

"그거 좋은 방법이군."

도적들은 고개를 끄덕였습니다.

곧바로 노인은 활시위를 힘껏 당겼습니다.

슈우웅.

화살 하나가 동쪽으로 멀리 날아갔습니다.

노인은 다시 활시위를 힘껏 당겼습니다.

슈우웅.

이번에는 화살이 서쪽으로 멀리 날아갔습니다.

　　　"내가 하나, 둘, 셋을 세면 출발하시오."

　　　노인이 하나, 둘, 셋을 외치자, 두 도
　　적은 뒤도 안 돌아보고 동쪽과 서쪽
　　으로 열심히 달렸습니다.

노인은 그들의 뒷모습을 보며 혼잣말로 중 얼거렸습니다.

"어리석은 것들. 쯧쯧!"

노인은 이때다 하고 나귀를 끌고 재빨리 숲을 빠져나왔습니다.

지나친 욕심은 친구를 잃게 할 뿐만 아니라 판단력을 흐리게 하고 현명함 도 사라지게 합니다. 욕심으로 자기 자신을 망치는 일은 없어야 합니다.

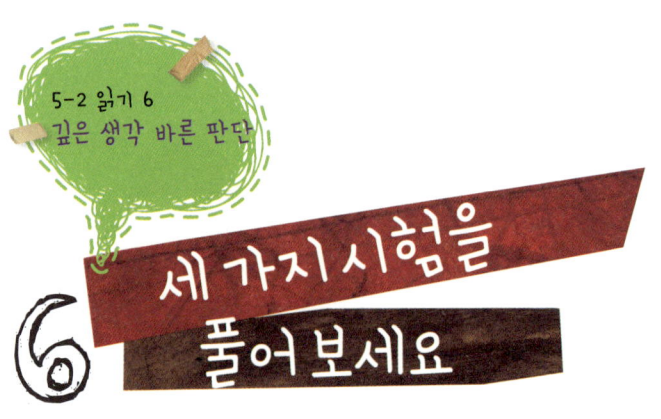

6 세 가지 시험을 풀어 보세요

턱수염이 아주 긴 한 노인이 여관에 머물렀습니다.

그런데 노인이 아침에 일어나 세수를 하다가 갑자기 쓰러지고 말았습니다.

여관 주인은 깜짝 놀라 노인에게 다가갔습니다.

"왜 그러시죠? 미끄러지셨나요?"

주인은 노인을 업고 방으로 가서 눕혔습니다.

"주인장, 사실 나는 아주 깊은 병에 걸렸다오. 자, 이거 받으시오."

노인은 가방에서 무언가를 꺼내 주인에게 내밀었습니다.

노인이 주인에게 준 건 아주 값비싼 금덩이였습니다.

"왜 이걸 저에게 주십니까?"

"내가 죽으면 멀리서 공부하고 있는 아들이 찾아올 거요. 그 아이에게 이 금덩이를 전해 주시오."

"알겠습니다. 아들에게 금덩이를 전해 주기만 하면 되는

거죠?"

"단, 이 점을 명심하시오. 그 아이가 현명
하다고 판단될 때 전해 주시오.
그렇지 않다면 이 금덩이는 당신이 가져도 좋소."

노인은 그 말을 끝으로 눈을 감고 말았습니다.

여관 주인은 노인의 아들이 현명한지 어리석은지 시험해 보
기로 했습니다. 일단 아버지가 돌아가셨다는 소식을 전했습니
다. 그런데 일부러 여관 주소는 알려 주지 않았습니다. 현명함
을 알아보기 위한 첫 번째 시험이었습니다.

며칠 뒤, 아들은 여관이 있는 도시로 왔습니다. 그런데 주
소를 몰라서 어떻게 여관을 찾아가야 할지 막막했습니다.

바로 그때 아들 앞에 땔감을 잔뜩 이고 지나가는 나무꾼이
보였습니다.

"그래, 바로 그거야! 저 나무꾼은 이 도시에 대해 뭐든지
알고 있을 거야."

아들은 나무꾼에게 며칠 전에 죽은 턱수염이 긴 노인이 머
물렀던 여관으로 땔감을 배달해 달라고 했습니다.

"아, 그 여관요? 알다마다요. 지금 당장 배달해 드리죠."

아들은 나무꾼의 뒤를 따라갔습니다. 그렇게 해서 아버지

가 머물렀던 여관을 찾을 수 있었습니다.

주인은 노인의 아들을 보더니 고개를 끄덕였습니다.

"주소도 없는데 잘 찾아왔군요. 먼 길 오느라 수고가 많았는데 식사라도 하시죠."

여관 주인의 가족은 아내, 두 아들과 두 딸, 이렇게 총 여섯 명이었습니다. 주인은 요리한 닭 다섯 마리를 상 위에 올려놓았습니다. 그리고 노인의 아들에게 말했습니다.

"자, 이 닭들을 공평하게 나눠 주세요."

"아닙니다. 손님인 제가 하는 것보다 주인인 당신이 하는 게 좋을 것 같습니다."

하지만 주인이 거듭 청하자, 노인의 아들은 어쩔 수 없이 닭을 나누기 시작했습니다. 노인의 아들은 닭 한 마리를 주인의 두 아들에게 나누어 주었습니다. 또 한 마리는 두 딸에게, 또 한 마리는 주인 부부에게 주었습니다. 그리고 두 마리는 자기 앞에 놓았습니다.

주인은 고개를 갸웃거리며 노인의 아들에게 물었습니다.

"왜 당신은 두 마리입니까?"

노인의 아들은 한 치의 망설임도 없이 바로 대답했습니다.

"숫자를 맞춘 것입니다. 두 사람에 닭 한 마리가 더해지면

3이 됩니다. 그런데 저는 혼자이니까 닭 두 마리를 가져간 겁니다. 그래야 저도 3이 되니까요."

주인은 고개를 끄덕이더니 마음속으로 생각했습니다.

'참으로 현명하군.'

다음날 저녁, 다시 한 번 식사를 하기 위해 모였습니다. 주인은 이번엔 닭 한 마리를 상 위에 올려놓았습니다.

주인이 노인의 아들에게 말했습니다.

"자, 이번에는 닭 한 마리입니다. 이것을 공평하게 나눠 주세요."

노인의 아들은 잠시 생각하더니, 닭을 집어 들었습니다.

"자, 그럼 제가 나누겠습니다. 먼저 닭의 머리는 주인아저씨의 것입니다. 이 집안의 어른이시니 당연히 머리 부분을 드셔야지요. 아저씨와 아주머니는 머리와 목처럼 붙어 있으니 아주머니는 목 부분을 드시면 됩니다. 그리고 두 아들은 이 집안의 기둥이고 일을 열심히 해야 하기 때문에 튼튼한 두 다리를 먹으면 될 것입니다. 두 딸은 나중에 커서 결혼을 하면 집을 떠나야 하기 때문에 날개 부분이 적합할 것 같습니다. 그리고 저는 몸통을 먹겠습니다."

"왜 당신은 몸통이오?"

"저는 곧 배를 타고 이곳을 떠나야 합니다. 그러니 배를 닮은 몸통을 먹으면 되지 않을까요?"

주인은 만족한 표정을 지으며 고개를 끄덕였습니다. 그리고 금덩이를 내밀었습니다.

"이건 당신의 아버지께서 당신에게 남기신 것입니다."

결국, 현명한 아들은 아버지가 남긴 금덩이를 얻을 수 있었습니다.

많은 생각
지혜에 가득

현명함은 하루아침에 만들어지는 게 아닙니다. 책도 많이 읽고 경험도 많이 쌓고 특히 생각의 틀을 벗어나 자유롭게 생각을 해야 합니다.

7 누가 열매를 따 먹었을까?

"세상에 이렇게 맛있고 귀한 열매가 있다니!"

어느 날, 왕은 오차라는 나무의 열매를 맛보았습니다. 그 맛은 참으로 오묘하면서도 달콤했습니다.

"정말로 맛있구나."

왕은 신하에게 명령했습니다.

"여봐라, 오차나무를 구해서 왕궁 뒤뜰에 심어라."

신하는 전국 각지를 돌아다니며 어렵게 오차나무 한 그루를 구했습니다. 그리고 그 나무를 왕궁 뒤뜰에 심었습니다.

오차나무를 본 왕은 신이 나서 어깨춤이 절로 났습니다.

"이제 맛있는 열매를 마음껏 먹을 수 있겠구나."

왕은 눈을 감고 열매를 먹는 상상을 했습니다. 상상만 했을 뿐인데 벌써 입 안 가득 침이 고였습니다.

"어서 먹고 싶구나."

"폐하, 드시고 싶어도 좀 참으시기 바랍니다. 가을쯤이면

열매가 탐스럽게 열릴 것입니다."

왕은 매일매일 오차나무 주위를 오가며 열매가 빨리 열리기만을 기다렸습니다. 그런데 마음 한편에서는 불안감이 싹트고 있었습니다.

'내가 열매를 따 먹기 전에 누가 먼저 따 먹으면 어떻게 하지?'

왕은 오차나무를 지킬 사람을 뽑기로 했습니다. 그런데 누굴 뽑을까 고민이었습니다.

'팔다리가 멀쩡한 사람을 뽑으면 틀림없이 열매를 다 따 먹을 거야. 적당한 사람이 없을까?'

오랜 고민 끝에 좋은 생각이 떠올랐습니다.

"그래, 따 먹고 싶어도 따 먹을 수 없는 사람을 뽑으면 되겠군."

왕은 오차나무를 지킬 사람으로 두 명을 뽑았습니다. 한 사람은 잘 걷지도 못하고 서 있기도 힘든 절름발이였고, 다른 한 사람은 앞을 보지 못하는 맹인이었습니다.

왕은 절름발이와 맹인에게 말했습니다.

"너희는 지금부터 이 오차나무를 지키도록 해라. 잘 지키지 못한다면 큰 벌을 받을 것이다."

"폐하, 걱정하지 마십시오. 저희가 잘 지키겠습니다."

어느덧 가을이 오고 열매가 하나둘 열리기 시작했습니다. 날이 갈수록 열매가 점점 커졌고 향기도 진해졌습니다. 마침내 열매가 참으로 먹음직스럽게 익었습니다.

왕은 탐스럽게 열린 열매를 보고 좋아서 어깨를 들썩거렸습니다.

"열매가 아주 맛있게 익었군. 내일쯤 이 열매를 따 먹어야겠구나. 너희는 그때까지 잘 지키도록 해라."

왕이 가고 난 뒤, 절름발이와 맹인은 열매 맛이 어떤지 궁금하여 견딜 수가 없었습니다.

"과연 무슨 맛일까? 우리 한번 먹어 볼까?"

"그래, 먹자. 그런데 어떻게 따 먹지?"

절름발이는 나무에 오를 수 없고 맹인은 앞을 볼 수 없었기 때문에 둘 다 열매를 딸 수가 없었습니다. 둘은 머리를 맞대고 고민하기 시작했습니다. 이윽고 맹인이 좋은 생각이 떠올랐는지 손뼉을 쳤습니다.

"나는 눈이 보이지 않지만 두 다리는 아주 튼튼해. 그러니 너를 어깨 위에 태울게. 너는 다리가 불편하지만 눈은 멀쩡하니까 열매를 딸 수 있잖아."

"아, 그런 방법이 있구나! 바로 시작하자."

맹인이 절름발이를 어깨 위에 태웠습니다. 절름발이는 팔을 뻗어 열매를 땄습니다.

둘은 열매를 한 입 베어 먹었습니다. 이제까지 맛보지 못한 아주 새로운 맛이었습니다. 참으로 달콤하고 맛있었습니다.

"우리 하나 더 따 먹을까?"

결국, 둘은 열매를 모조리 따 먹고 말았습니다.

다음 날, 열매를 먹기 위해 온 왕은 깜짝 놀랐습니다.

"열매가 왜 하나도 없지? 누가 다 따 먹은 게냐! 너희가 한 짓이냐!"

절름발이와 맹인은 발뺌했습니다.

"아닙니다. 저희가 화장실에 간 사이에 열매가 없어진 것입니다."

"그게 정말이냐? 도저히 믿을 수 없다. 너희가 따 먹은 것이 정녕 아니냐?"

"그렇지 않습니다. 저는 절름발이인데 어떻게 높은 가지에 매달린 열매를 딸 수 있겠습니까?"

이어 맹인도 말했습니다.

"저는 앞을 못 봅니다. 열매가 어떻게 생겼는지도 모릅니다. 그러니 저를 의심하시는 건 옳지 않습니다."

절름발이와 맹인의 말이 그럴듯했습니다. 그래서 왕은 이 둘을 처벌할 수 없었습니다. 결국, 왕은 열매를 하나도 먹지 못했습니다.

꼭 생각
지혜 가득

남이 부족한 것이 있으면 내가 채워 주고 내가 부족한 것이 있으면 남이 채워 주는 것, 그게 바로 세상을 살아가는 참된 맛입니다.

헉! 열매가 없어졌네!

8 기도문을 외우지 못한 제자

어느 날 스승이 제자를 식사에 초대했습니다.

제자는 식탁에 차려진 음식을 보더니 입을 다물지 못했습니다.

"와, 생선도 있고 고기도 있고 과일까지……. 왜 이렇게 많이 차리셨어요?"

"그동안 나에게 배우느라 고생이 많았다. 맘껏 먹고 앞으로는 지금보다 더 멋진 사람이 되길 바란다."

"감사히 먹겠습니다."

제자가 군침을 삼키며 음식을 먹으려는 순간, 스승은 제자가 얼마나 열심히 공부했는지 시험해 보고 싶었습니다.

"음식을 먹기 전에 기도문을 한번 외워 보아라."

제자는 머리를 긁적거리며 더듬거렸습니다. 기도문을 조금밖에 외우지 못했던 것입니다.

스승은 깊은 한숨을 내쉬었습니다.

"휴, 정말로 실망스럽구나. 너를 가르친 지 내일모레면 1년이 다 된다. 그런데 여태 그 기도문 하나 외우지 못했느냐? 다른 제자들은 다 외우는데 너는 왜 이 모양이냐!"

제자는 너무 부끄럽고 죄송해서 고개를 들 수 없었습니다.

"너를 가르친 보람이 없구나."

"스승님, 죄송합니다."

제자는 어쩔 줄 몰라 했습니다. 배는 고팠지만 이런 분위기에서 음식을 먹을 수는 없었습니다. 제자는 슬며시 자리에서 일어나 스승에게 인사를 했습니다.

"스승님, 갑자기 배가 아파서 음식을 못 먹겠습니다. 초대해 주셔서 고맙습니다. 이만 가 보겠습니다."

제자는 조용히 스승의 집을 나섰습니다. 스승도 굳이 제자를 붙잡지 않았습니다.

며칠 뒤, 스승은 우연히 제자의 친구를 만났습니다. 그리고 그 친구로부터 제자에 대한 이야기를 들었습니다.

"스승님, 그 친구 머리가 좀 나쁘긴 해요. 저보다 더 열심히 공부를 하는데 성적은 좋지 않거든요. 하지만 참 좋은 친구예요. 길을 가다가 짐을 들고 가는 할머니를 보면 달려가서 대신 짐을 들어 주기도 하고, 거지에게 자기 빵도 주고, 심지

어 옷까지 벗어 주기도 해요. 저번에는 저에게 큰돈도 서슴지 않고 빌려 줬어요. 말보다 행동을 먼저 하는 멋진 친구예요."

그 말을 들은 스승은 얼굴이 붉어졌습니다.

'내가 정말로 어리석었구나. 제자의 바르고 곧은 마음을 읽지 못했어. 기도문만 줄줄 외우면 무슨 소용인가. 말보다 행동을 먼저 하는 그 제자야말로 나의 진정한 제자다.'

다음 날, 스승은 제자에게 찾아가 미안하다고 사과하고 다시 식사 초대를 했습니다.

배움의 끈이 짧다 하더라도 남을 위해 배려하고 정직하게 사는 것
이야말로 가치 있는 일입니다.

이해력을 길러 보아요

빈칸에 알맞은 단어를 넣어 보세요.
(야간, 해적, 시합, 수업료, 조건, 빈털터리, 동쪽, 화살, 무시무시한)

1 청년은 ▢▢▢ 학교에 다녔습니다. 낮에는 계속해서 수업료를 벌기 위해 일을 했고, 밤에는 공부를 했습니다. 낮에 일하느라 몸이 피곤했지만, 공부하는 동안은 너무나 즐거워 피곤한 줄도 몰랐습니다.

2 그런데 그때, 무시무시한 ▢▢▢들이 배를 습격했습니다. 해적들은 부자들의 금반지며 돈이며 모두 빼앗아 갔습니다. 부자들은 한순간에 빈털터리가 되고 말았습니다.

3 둘이서 시합을 하는 겁니다. 내가 ▢▢▢과 서쪽으로 각각 화살을 날려 보내면 당신은 동쪽으로, 당신은 서쪽으로 가서 ▢▢▢을 찾아오세요. 먼저 찾아온 사람이 이 시합에서 이기는 겁니다. 이긴 사람이 나귀의 주인이 되는 거죠. 물론 늦게 온 사람은 짐 보따리를 갖고요. 어떻소?

사고력을 길러 보아요

1 〈청년이 지붕으로 올라간 까닭〉 청년은 꿈을 위해서 수업료를 벌어야 했습니다. 청년의 꿈은 무엇이었나요?

2 〈세 가지 시험을 풀어 보세요〉 나라면 청년에게 어떤 시험을 냈을까요?

3 〈누가 열매를 따 먹었을까〉 내가 왕이라면 어떤 사람에게 오차나무를 지키라고 했을까요?

논리력을 길러 보아요

1 〈가장 큰 재산은 무엇일까?〉 부자들이 청년을 왜 비웃었나요?

2 〈우리 공주 이렇게 자랐구나〉 왕은 왜 공주가 빨리 자랐으면 했을까요?

3 〈기도문을 외우지 못한 제자〉 스승은 무엇 때문에 뉘우치게 되었나요?

재미있게 글짓기를 해 보아요

1 황급히, 교실로 들어가지, 올라갔습니다, 햇빛이, 창문 하나

2 평소 공부를, 학식과 교양, 아이들을, 선생님

3 눈이, 튼튼해, 어깨 위에, 다리가, 멀쩡하니까, 딸 수

다 했으면 간식 먹고 힘내자!

두 번째 배움

2

생각의 폭 넓히기

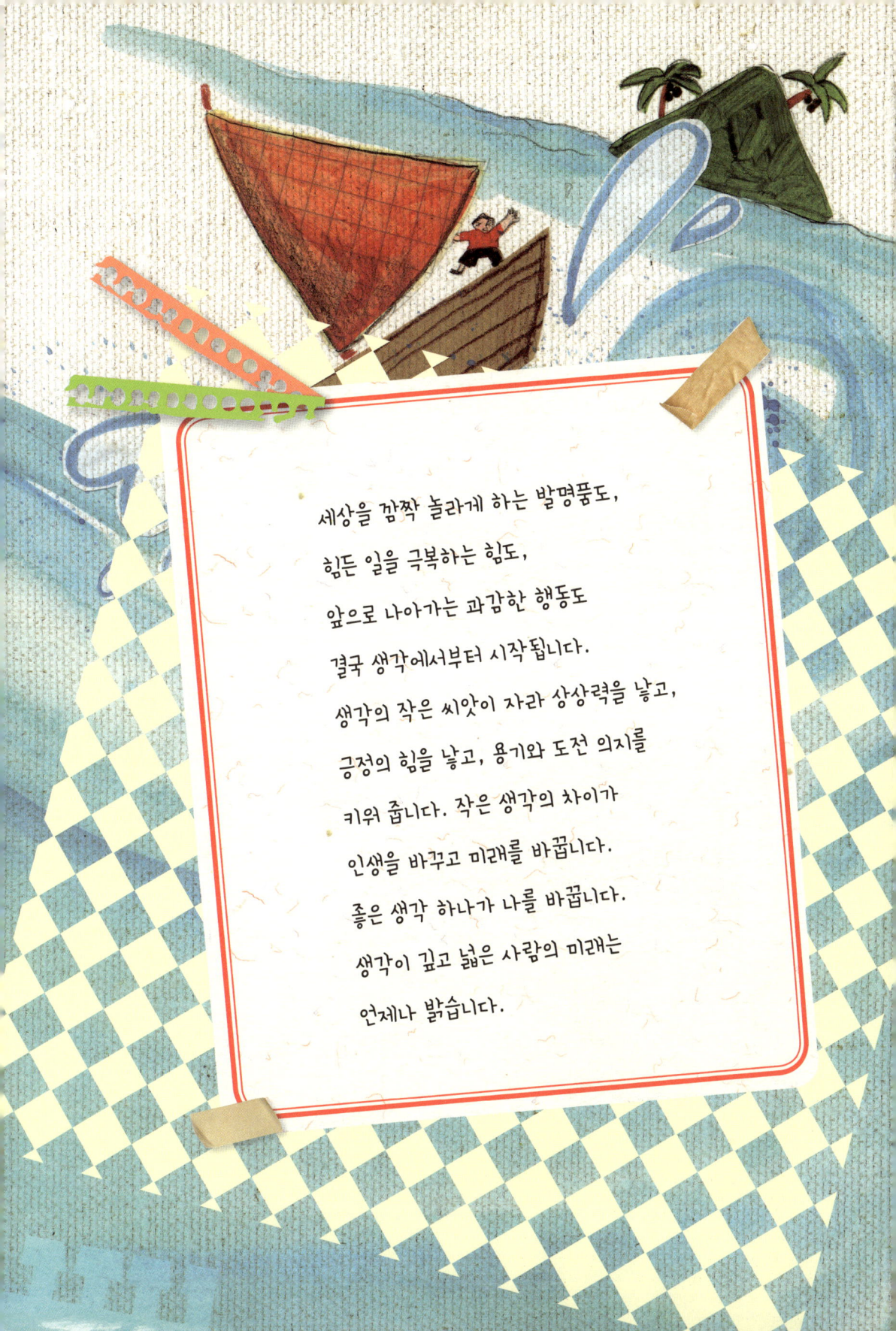

세상을 깜짝 놀라게 하는 발명품도,

힘든 일을 극복하는 힘도,

앞으로 나아가는 과감한 행동도

결국 생각에서부터 시작됩니다.

생각의 작은 씨앗이 자라 상상력을 낳고,

긍정의 힘을 낳고, 용기와 도전 의지를

키워 줍니다. 작은 생각의 차이가

인생을 바꾸고 미래를 바꿉니다.

좋은 생각 하나가 나를 바꿉니다.

생각이 깊고 넓은 사람의 미래는

언제나 밝습니다.

9 내 은화를 어떻게 되찾지?

한 청년이 장터로 향했습니다. 마을에서 장터까지는 거리가 꽤 멀었습니다. 날이 점점 어두워지자, 마음이 조급해졌습니다. 청년은 발길을 재촉했습니다.

몇 시간을 걸어서 가까스로 장터에 도착했지만, 장터에는 물건을 파는 장사꾼도, 물건을 사려는 사람도 보이지 않았습니다. 날이 저물어서 장이 이미 끝났던 것입니다.

"이런, 내가 너무 늦게 왔네. 오늘 은 장터 근처에서 자야겠다."

그런데 청년은 물건을 사기 위해 가져온 은화 500닢 때문에 걱정이 되었습니다.

'큰일이네. 이 돈을 어떻게 하지? ……그래, 몸에 지니고 다니면 위험하니까 땅에 파묻어 놓자.'

청년은 한적한 곳으로 가서 은화를 땅에 파묻었습니다.

"여기에 묻어 놓고 내일 아침에 다시 꺼내 가야지."

다음 날, 청년은 눈을 뜨자마자 은화가 묻혀 있는 곳으로 달려가 땅을 파헤쳤습니다. 그런데 청년의 표정이 한순간 어두워졌습니다.

"어, 어떻게 된 거지? 분명히 여기에 묻어 놨는데……, 도 대체 누가 훔쳐 간 거지?"

청년은 주위를 살펴보았습니다.

"어, 저기에 집이 있었네."

청년은 멀리 떨어져 있는 집으로 향했습니다. 가까이 가 보 니 집 벽에 구멍이 뚫려 있었습니다.

"분명해. 이 구멍으로 내가 은화를 묻는 걸 본 거야."

청년은 집 안으로 들어갔습니다. 안에는 늙은 영감이 있었습니다.

"내 집에는 무슨 일이오?"

"뭣 좀 여쭤 보려고 왔습니다."

청년은 잠시 생각에 잠겼습니다.

'그래, 은화를 내놓으라고 하면 분명히 저 영감은 모른다고 할 거야. 그러니 머리를 써야 해.'

"뭘 물어보겠다는 거요? 어서 말해 보시오."

청년은 목소리를 가다듬고 말했습니다.

"제가 어제 장터에서 물건을 사려고 자루 두 개를 가져왔습니다. 자루 하나에는 은화 500닢이 들어 있고, 다른 자루에는 은화 800닢이 들어 있죠. 돈을 가지고 있기가 뭐해서 어젯밤에 작은 자루를 땅에 묻었습니다. 나머지 자루도 땅에 묻는 게 좋을까요? 저에게 지혜를 빌려 주십시오."

영감은 활짝 미소 지으며 말했습니다.

"당연히 큰 자루도 묻어야지. 어제 묻은 곳에 말이오."

청년이 돌아가자, 영감은 자기가 훔쳐 온 은화 500닢을 그곳에다 다시 묻어 놓았습니다. 그래야 은화 800닢도 훔칠 수

있으니까요.

　뒤에서 이것을 몰래 지켜보던 청년은 영감이 돌아간 사이,
그곳에서 은화 500닢을 꺼냈습니다.

　"드디어 찾았다, 내 은화 500닢!"

갑자기 어려운 일이 닥쳤을 때 당황하거나 두려워하지 마세요.
차근차근 잘 생각해 보면 분명히 일을 해결할 수 있는 방법이
있을 테니까요.

10 낙타 마을로 가는 길

"휴, 덥군."

나그네가 가던 길을 멈추고 잠시 나무 그늘에서 쉬고 있었습니다.

때마침 마차 한 대가 오고 있었습니다.

나그네는 자리에서 벌떡 일어나 손을 흔들었습니다.

"마차 좀 얻어 탈 수 있을까요?"

마부는 고개를 끄덕였습니다. 나그네는 마차에 올라 마부 옆자리에 앉았습니다.

"날이 너무 더워서 걸어가기 힘들었는데 정말로 고맙습니다. 그런데 여기서 낙타 마을까지 얼마나 걸립니까?"

"낙타 마을이라……. 한 시간 정도 걸릴 겁니다."

나그네와 마부는 이런저런 얘기를 나누며 열심히 달려갔습니다.

어느새 한 시간이 지났습니다.

나그네는 주위를 두리번거렸습니다. 그러나 마을은 어디에
도 보이지 않았습니다.

나그네는 고개를 갸웃거리며 물었습니다.

"여기서 낙타 마을까지는 얼마나 걸립니까?"

"두 시간 정도 걸립니다."

"예? 아까는 한 시간 정도 걸린다고 했잖아요. 그런데 두
시간이라뇨?"

"아, 그건 이 마차가 낙타 마을 반대 방향으로 가고 있기
때문이죠."

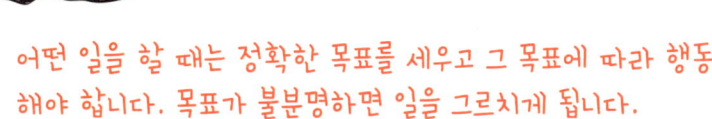

어떤 일을 할 때는 정확한 목표를 세우고 그 목표에 따라 행동
해야 합니다. 목표가 불분명하면 일을 그르치게 됩니다.

5-2 읽기 5
우리가 사는 세상

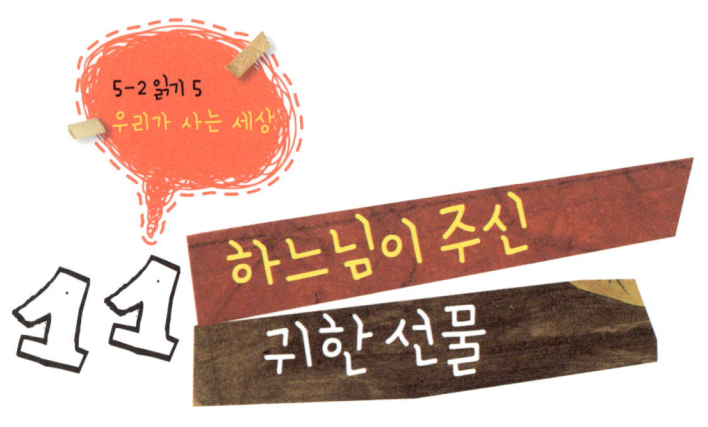

11 하느님이 주신 귀한 선물

어느 날, 하느님이 이 세상을 창조했습니다.

돌도, 나무도, 바다도, 짐승도 만들었습니다.

햇볕 좋은 날, 짐승들은 네 다리를 자유자재로 움직이며 숲길을 걸어가고 있었습니다.

"흑흑흑."

숲 한쪽에서 누군가의 울음소리가 들렸습니다.

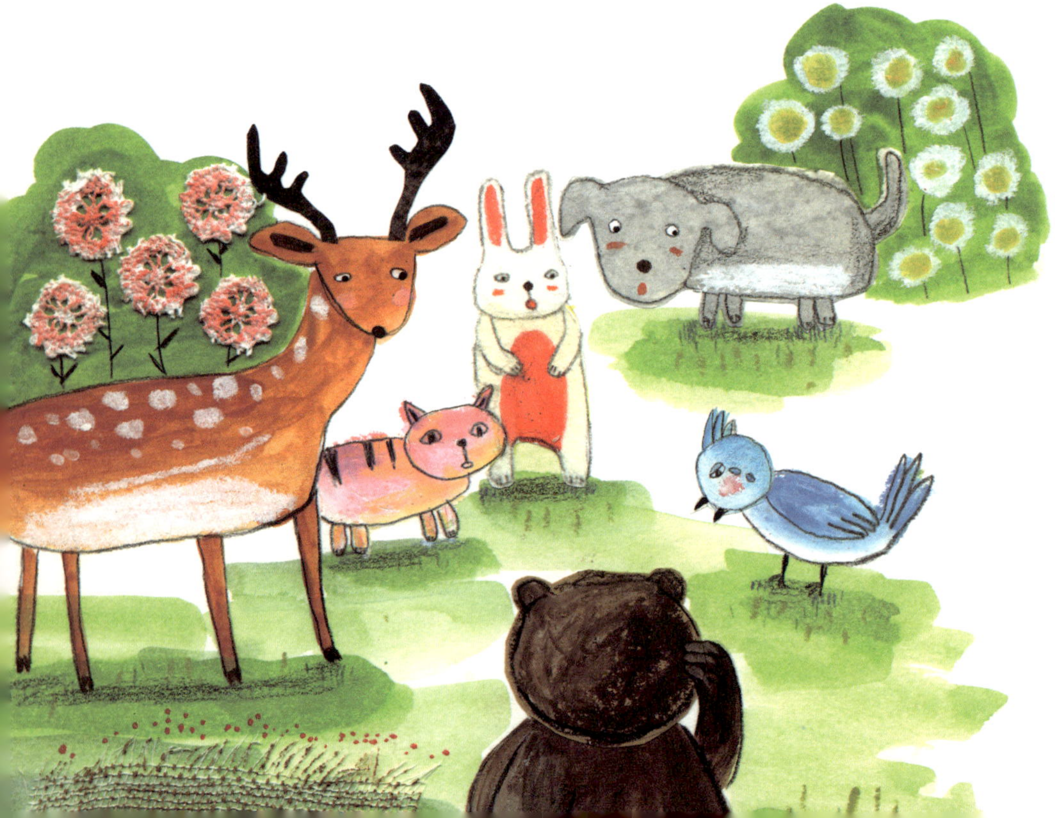

짐승들이 울음소리를 따라가 보니 그곳에
몸집이 작은 새가 있었습니다.

"너 왜 울고 있니? 무슨 일이라도 있니?"

새는 울먹이며 대답했습니다.

"하느님은 너무해. 너희에게는 다리를 네 개 주셨잖아. 그런데 나는 두 개밖에 없어."

"그것 때문에 속상했구나."

"그것뿐만이 아니야. 자, 봐. 내 양쪽 어깨에 이상한 걸 달아 놓았어. 이 무거운 걸 평생 짊어지고 다녀야 한다고."

노루가 새에게 말했습니다.

"새야, 어깨 위에 있는 걸 한번 펼쳐 봐."

새는 어깨에 달린 걸 펼쳤습니다. 그리고 위아래로 저으니 놀랍게도 몸이 공중으로 날아올랐습니다.

"와, 내가 날았어. 내가 하늘을 날았다고!"

그제야 새는 깨달았습니다. 하느님이 자기에게 준 건 무거운 짐이 아니라 아주 귀한 선물이라는 것을 말입니다.

좋은생각 지름실 가득

누구에게나 단점과 장점이 있습니다. 단점 때문에 스스로를 괴롭히지 말고 자신이 잘할 수 있는 장점을 찾는 현명한 사람이 되길 바랍니다.

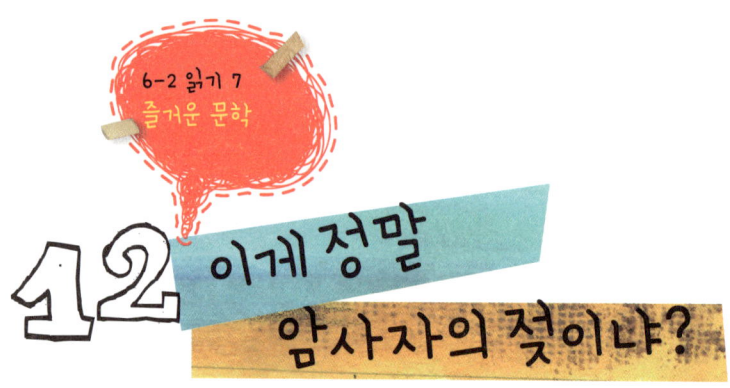

12 이게 정말 암사자의 젖이냐?

어떤 왕이 깊은 병이 들고 말았습니다.

의사가 왕의 몸 상태를 살펴보았습니다.

"폐하, 이 병은 희한한 병입니다. 암사자의 젖을 먹어야만 나을 수 있습니다."

왕은 곧바로 신하들에게 명령했습니다.

"암사자의 젖을 구해 오는 사람에게 금은보화를 상으로 내릴 것이다. 이 사실을 전국 방방곡곡에 알려라."

한 젊은이가 암사자의 젖을 구하러 암사자가 사는 동굴로 떠났습니다. 동굴에 도착한 젊은이는 암사자에게 새끼 사자 한 마리를 내밀었습니다.

"자, 새끼 사자야. 귀엽지?"

새끼 사자를 보자, 암사자가 금세 얌전해졌습니다. 암사자는 새끼 사자를 혀로 핥더니 젖을 물렸습니다.

암사자와 친해진 젊은이는 쉽게 암사자의 젖을 구할 수 있

었습니다.

"드디어 성공이다! 이것을 임금님께 가져다 드리면 나는 부자가 되겠지?"

젊은이는 콧노래를 부르며 왕궁을 향해 갔습니다.

그런데 갑자기 젊은이의 몸 여러 부분이 서로 다투기 시작했습니다.

먼저 다리가 거만한 말투로 말했습니다.

"암사자의 젖을 구할 수 있었던 건 다 내 덕분이야. 내가 있었기 때문에 동굴까지 걸어갈 수 있었잖아."

심장도 질세라 말했습니다.

"내가 없었더라면 여기까지 올 힘이 없었을걸."

눈도 말했습니다.

"내가 없었다면 아무것도 볼 수가 없어서 아마 절벽 아래로 떨어졌을 거야. 그러니 내가 최고야."

그때 혀도 한마디 했습니다.

"나도 중요해. 내가 말을 할 수 없다면 곤란해질걸."

그러자 몸의 각 부분이 일제히 소리쳤습니다.

"혀, 너는 조용히 해. 너는 쓸모도 없잖아."

"그래, 혀 네가 한 게 뭐 있니? 하찮은 부분인 주제에 건방

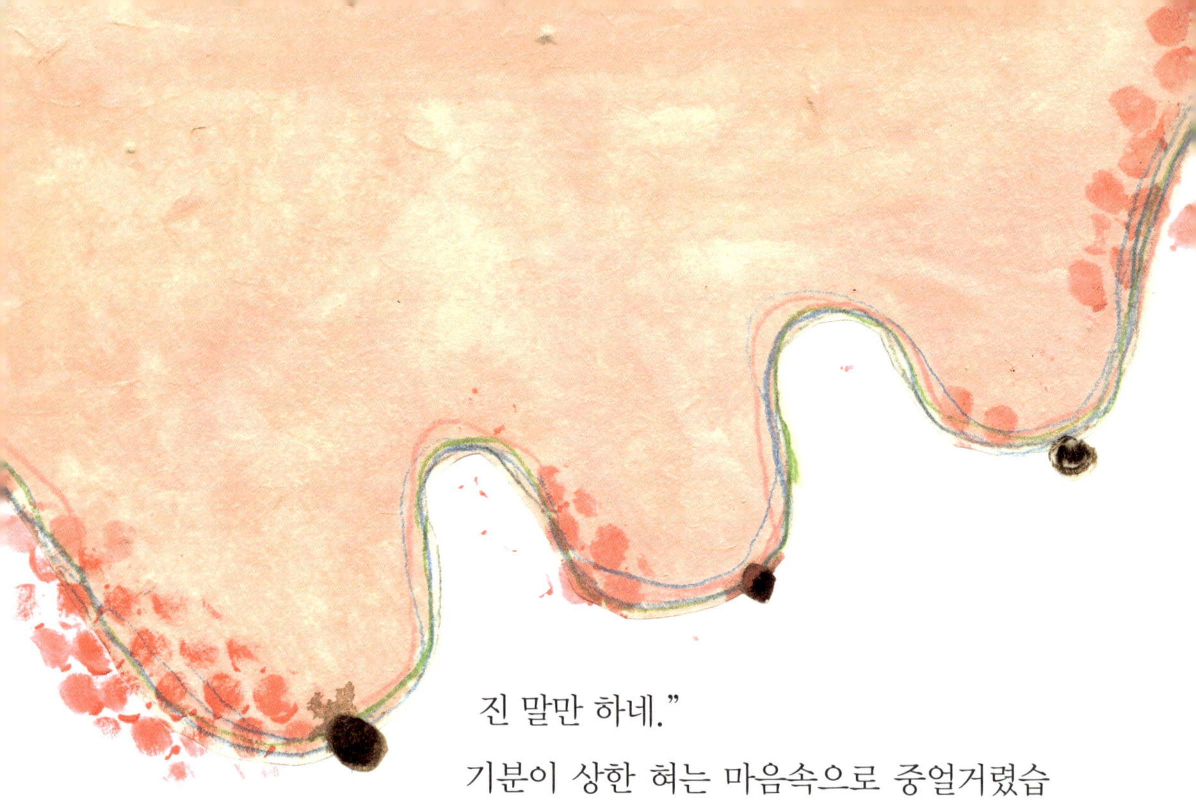

진 말만 하네.”

기분이 상한 혀는 마음속으로 중얼거렸습
니다.

‘그래, 내가 얼마나 중요한 부분인지 잠시 뒤에 보여 주지.’

왕 앞에 도착한 젊은이는 암사자의 젖을 왕에게 내밀었습
니다.

“그래, 수고가 많았다. 이 젖이 정말로 암사자의 젖이냐?”

그런데 젊은이는 엉뚱한 대답을 하고 말았습니다.

“아닙니다. 이 젖은 개의 젖입니다.”

순간 다리, 심장, 눈을 비롯한 몸의 여러 부분은 깜짝 놀랐
습니다. 혀가 얼마나 중요한지 깨달은 것입니다. 몸의 여러
부분은 모두 혀에게 사과했습니다.

"혀야, 아까는 미안했어. 네가 얼마나 중요한지 이제야 깨달았어. 어서 제대로 말을 해."

그제야 혀는 "이건 진짜 암사자의 젖입니다. 좀 전에 제가 잘못 말했습니다."라고 고쳐 말했습니다.

왕은 암사자의 젖을 먹고 병이 나았고, 젊은이는 금은보화를 상으로 받고 떠났습니다.

깊은생각 지혜쑥쑥가득

이 세상에 사소하고 하찮은 것은 없습니다. 생명을 가진 모든 것은 다 소중하고 아름답습니다.

13 섬은 어떻게 변했을까?

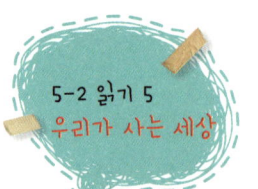

"주인님, 정말로 저를 풀어 주시는 겁니까?"

"그렇다. 그동안 나를 위해 열심히 일했으니 이제 너에게 자유를 주마. 어디를 가든 행복하게 살아라."

마음씨 좋은 주인이 노예를 풀어 주었습니다.

자유의 몸이 된 남자는 한없이 기뻤습니다. 더군다나 주인이 돈까지 넉넉히 주었습니다. 남자는 꿈에 부풀었습니다.

"이 돈으로 땅도 사고 집도 지어서 행복하게 살아야지."

남자는 배를 타고 새로운 곳으로 떠났습니다.

그런데 남자에게 뜻하지 않은 불행이 닥쳤습니다. 태풍이 불어 배가 뒤집히고 만 것입니다. 가까스로 목숨을 구한 남자는 어느 섬에 도착했습니다. 그러나 돈을 몽땅 잃어버리는 바람에 꿈이 산산조각 나고 말았습니다.

"큰일이네. 돈이 없으면 아무것도 할 수 없는데……."

그때, 어딘가에서 사람들이 우르르 몰려오더니 남자를 왕

으로 받들었습니다.

"당신이 이 섬의 주인이고 우리의 왕입니다. 자, 궁전으로 가시죠."

남자는 궁전에서 이제까지 누리지 못한 행복을 누렸습니다. 맛있는 과일과 고기를 마음껏 먹고 푹신푹신한 침대에서 편히 잠을 잤습니다. 이 모든 것이 꿈만 같았습니다.

그러던 어느 날, 한 사람이 왕이 된 남자에게 비밀스럽게 말을 건넸습니다.

"사실 우리는 인간이 아니라 영혼입니다. 그래서 살아 있는 사람이 이 섬에 오면 그 사람을 왕으로 모시는 겁니다. 단, 1년 동안만입니다. 1년 뒤에는 옆에 있는 '죽음의 섬'으로 쫓아냅니다. 먹을 것도 없고 생명체도 없는 황량한 곳이죠."

그날 이후로 남자는 궁전에서 빈둥빈둥 노는 걸 그만뒀습니다.

'그래, 내가 이러고 있을 때가 아니지. 1년 뒤, 옆 섬으로 쫓겨나면 아마도 나는 굶어 죽고 말 거야. 그럴 순 없지.'

남자는 틈만 나면 죽음의 섬으로 건너가 그곳에 꽃도 심고 과일나무도 심었습니다.

어느새 1년이란 시간이 흘렀습니다. 남자는 벌거벗은 몸으로 죽음의 섬으로 떠나야 했습니다. 죽음의 섬이 가까워질수록 두려움이 점점 커졌습니다.

드디어 남자는 죽음의 섬에 도착했습니다. 황량하기만 할 것 같았던 섬은 아름다운 섬으로 바뀌어 있었습니다. 화사한 꽃들이 여기저기 피고, 나무마다 맛있는 열매들이 주렁주렁 달려 있었습니다. 그곳은 더 이상 죽음의 섬이 아니었습니다.

"미리미리 섬을 가꾸길 잘했군. 이곳은 천국이야."

죽음의 섬이 살기 좋은 천국의 섬으로 바뀌었다는 소문

을 듣고 사람들이 하나둘 몰려오기 시작했습니다. 남자는 그
곳에서 그들과 함께 행복하게 살았습니다.

씨앗을 뿌려야 열매를 얻고 식량을 저장해 둬야 겨울을 따뜻하
게 보낼 수 있듯이 미래를 위해선 미리미리 준비해야 합니다.

6-2 읽기 7
즐거운 문학

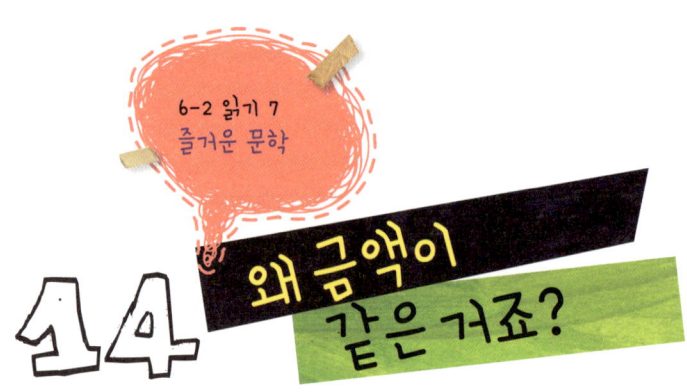

14 왜 금액이 같은 거죠?

넓은 포도밭에 일꾼들이 일은 하지 않고 모여서 잡담만 하고 있었습니다.

"자네, 어제 밤하늘을 봤나?"

"아니. 밤사이에 무슨 일이 있었나?"

"물론 있었지. 어제 별이 엄청 많이 떨어졌지 뭔가. 참으로 아름다웠지."

일꾼들은 여전히 일할 생각은 하지 않았습니다.

그런데 아까부터 일꾼 한 명은 쉬지도 않고 계속해서 열심히 일을 하고 있었

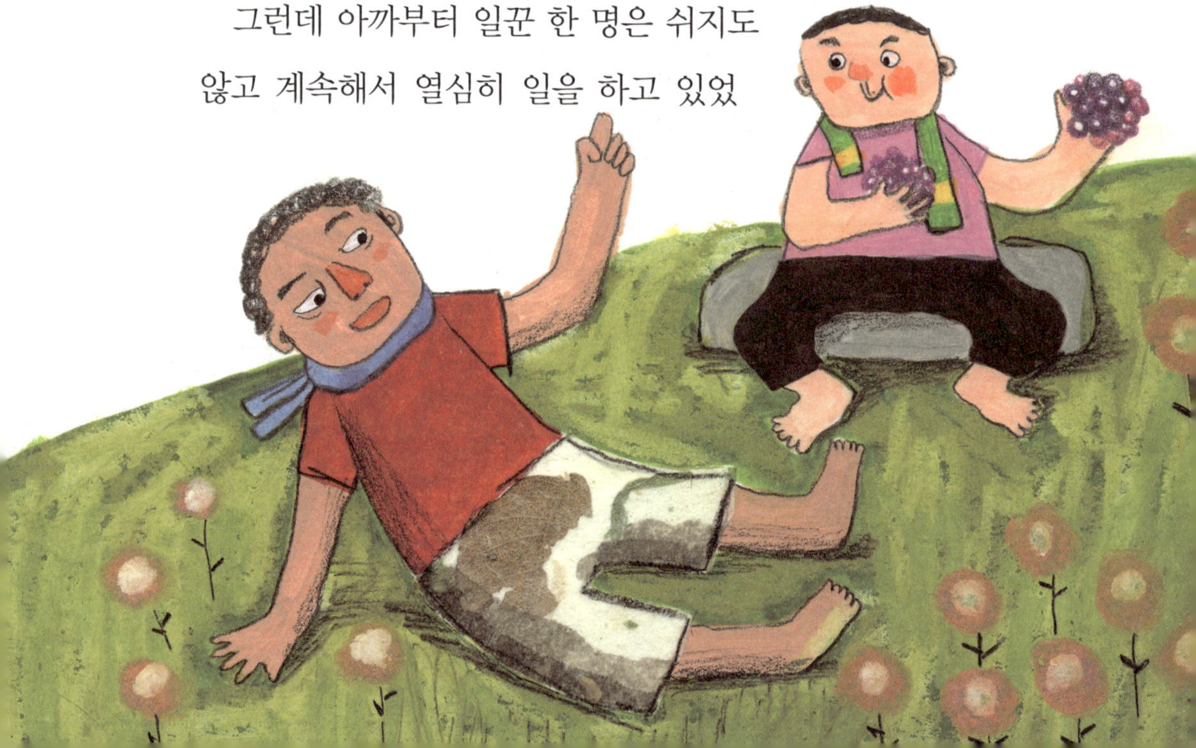

습니다. 그의 이마에는 땀방울이 송알
송알 맺혔습니다.

　잠시 뒤, 포도밭 주인이 나타나자
잡담을 하고 있던 일꾼들은 주인의
눈치를 보더니 일을 시작했습니다.

　주인은 열심히 일하는 성실한 일꾼을 불렀습니다.

　"자네는 나랑 이 근처 산책 좀 하지."

　"네, 알겠습니다."

　주인과 성실한 일꾼은 여유롭게 포도밭 근처를 산책하며
담소를 나눴습니다.

　"자네, 낚시 좋아하나?"

　"물론이죠."

"그럼 잠시 나랑 낚시나 할까? 낚싯대는 여기 있네."

주인과 성실한 일꾼은 함께 낚시도 하고 맛있는 음식도 먹었습니다. 그러는 동안, 다른 일꾼들은 일을 했습니다.

어느새 날이 저물자, 주인과 성실한 일꾼은 포도밭으로 돌아왔습니다. 주인은 일꾼들을 전부 불러 모았습니다.

"오늘 하루 수고가 많았습니다. 일을 했으니 수고비를 드리겠습니다."

주인은 일꾼들에게 약속한 품삯을 나누어 주었습니다. 성실한 일꾼에게도 다른 일꾼들과 똑같은 금액의 품삯을 주었습니다.

그러자 일꾼 중 한 명이 불만 섞인 목소리로 말했습니다.

"주인어른, 너무 억울합니다. 저 친구는 오늘 두 시간밖에 일하지 않았습니다. 그런데도 우리와 똑같은 금액을 받는다는 건 옳지 않습니다."

그러자 주인이 고개를 내저으며 말했습니다.

"옳지 않다니요? 이 친구가 두 시간 동안 해 놓은 것과 여러분이 하루 종일 일한 것이 비슷합니다. 이 친구는 일을 할 때 집중해서 했고, 여러분은 시간만 잡아먹고 대충대충 한 것입니다. 안 그렇습니까?"

주인의 말에 일꾼들은 고개를 들지 못했습니다. 주인은 일꾼들에게 냉정하게 말했습니다.

"내일부터는 나오지 마세요. 성실한 일꾼들을 찾아봐야겠습니다."

그제야 일꾼들은 자신들의 잘못을 깨달았습니다.

책상에 앉아 시간을 많이 들인다고 공부를 잘하는 게 아닙니다. 중요한 것은 공부를 하는 동안 얼마나 집중을 하고 최선을 다하느냐입니다.

15 땀 흘려 일하는 성실한 농부

작은 오두막집에 살고 있는 가난한 농부가 있었습니다. 농부가 가진 거라곤 작은 밭 하나가 전부였습니다.

1년 내내 열심히 농사를 지었지만 먹고 살기가 힘들었습니다. 아내와 아이들에게 하루에 한 끼 먹이는 것도 힘들었습니다. 먹을 것이 없어서 이틀 동안 굶은 적도 있었습니다.

"아빠, 배고파요."

"미안하구나. 가을이 되면 수확물이 좀 나올 테니 그때까지 조금만 더 참아 보자. 일단은 물로 배를 좀 채우렴."

엄마는 아이들 먹을 것을 얻으러 이웃집에 갔습니다. 하지만 이웃집도 형편이 어렵긴 마찬가지였습니다.

"어쩌지? 우리도 먹고 살기가 힘들어. 가을이나 되어야 곡식이 좀 생길 것 같아. 미안해."

농부는 아내와 아이들 보기가 미안했습니다. 그래서 더욱더 열심히 일했습니다.

그러던 어느 날, 한 노인이 농부 앞에 나타났습니다.

"누구시죠?"

"그냥 지나가는 사람입니다."

농부는 계속해서 일했습니다. 그런데 자꾸 노인이 신경 쓰였습니다. 지나간다는 사람이 지나가지는 않고 자꾸 쳐다보는 것이었습니다.

"어르신, 왜 저를 지켜보시는 거죠? 좀 전에 지나가는 사람

이라고 하시지 않았습니까?"

"사실 나는 단순한 행인이 아니라, 아주 특별한 사람입니다. 세상을 돌아다니면서 가난한 사람들에게 선물을 주는 사람이죠. 오늘 당신이 그 선물의 주인공입니다."

"그게 무슨 말씀이세요? 선물의 주인공이라니요?"

"말 그대로입니다. 제가 당신에게 선물을 줄 것입니다. 당신은 두 가지 중에 하나를 선택해야 합니다. 첫 번째 선물은 지금 당장 받을 수 있지만 그 선물은 정확히 7년 후에 다시 가져갈 겁니다. 그리고 다른 선물은 당신이 늙어서 일할 힘이 없을 때 받을 수 있습니다. 그것은 다시 가져가지 않겠습니다. 둘 중에 어떤 걸 선택할 겁니까?"

도대체 이게 무슨 소린가, 농부는 어리둥절했습니다. 여전히 노인의 말을 믿을 수 없었습니다.

"내 말을 믿고 어서 선택하세요."

농부는 잠시 고민하다가 첫 번째 선물을 선택했습니다.

노인은 밭을 가리키며 말했습니다.

"저 땅을 파 보세요. 황금이 있을 겁니다. 그럼 저는 7년 후

에 그 황금을 찾으러 오겠습니다.”

농부는 노인이 가리킨 곳을 파 보았습니다. 놀랍게도 정말로 황금이 있었습니다.

농부는 아내에게 노인이 주고 간 황금에 대해 말했습니다.

“여보, 이 황금을 어떻게 하면 좋을까?”

농부의 아내는 현명했습니다.

“이걸로 우선 농사지을 땅을 더 사도록 합시다. 그리고 일꾼도 몇 명 구하고 집도 사고 가축도 사서 기르도록 해요.”

“그렇게 합시다.”

농부는 아내의 말대로 황금으로 땅도 사고 집도 사고 일꾼도 구하고 가축도 샀습니다.

이제 농부의 가족은 먹고 사는 것에 걱정이 없었습니다. 농부는 갑자기 많은 돈이 생겼다고 해서 게으름을 피우지 않았습니다. 오히려 예전보다 더 열심히 일했습니다.

열심히 일한 덕분에 돈은 점점 불어났습니다.

"여보, 우리 이제 돈도 많은데 이 돈을 가난한 사람들에게 나눠 주면 어떨까요? 서로 돕고 살면 좋잖아요."

"좋아요. 그렇게 합시다."

농부와 아내는 열심히 일해서 번 돈으로 가난한 이웃들에게 사랑을 베풀었습니다.

세월이 흘러 어느덧 7년이 지났습니다.

여느 때와 마찬가지로 농부는 밭에서 열심히 일하고 있었습니다. 그런데 그의 앞에 7년 전 그 노인이 나타났습니다.

농부는 노인을 보더니 큰절을 올렸습니다.

"어르신 덕분에 우리 집은 부자가 되었습니다. 황금 받으러 오셨죠? 자, 여기 있습니다."

농부는 노인에게 황금을 내밀었습니다. 그러자 노인은 입가에 미소를 머금은 채 고개를 내저었습니다.

"이 황금은 당신이 계속해서 맡아 주시오."

"그게 무슨 소리입니까?"

"대부분 사람들은 황금이 생기면 게을러져서 일을 하지 않고 놀기만 하고 가난한 이웃이 도와 달라고 해도 모른 척하는데 당신은 황금이 생겼는데도 여전히 열심히 일하고 이웃까

지 도왔습니다. 그렇기 때문에 당신은 이 황금의 진짜 주인이
될 자격이 있습니다."

농부는 기뻐했습니다. 그러는 사이, 노인은 어디론가 사라
졌습니다.

가만히 앉아서 행복과 행운만을 기다리지 말고 열심히 일하고
남을 위해 살아 보세요. 그러면 행복과 행운의 주인공이 될 수
있습니다.

16 얼굴 표정 좀 바꾸세요

장군이 다급한 목소리로 부하에게 물었습니다.

"지금 우리 군대는 어떻게 됐나? 적군과 싸워서 이겼나?"

부하는 고개를 숙인 채 아무 말이 없었습니다.

"왜 대답이 없나? 어서 말해 보게."

"적군에게 패해 지금 도망치고 있습니다."

부하의 목소리엔 슬픔이 묻어 있었습니다.

장군은 패배한 것이 억울하고 분했던지 주먹으로 책상을 꽝 내리쳤습니다.

"이럴 수가! 우리가 이길 줄 알았는데……."

"너무 걱정하지 마십시오, 장군. 다른 지역에서는 이기고 있습니다."

패배 소식을 들은 장군은 하루 종일 기분이 우울하고 침통했습니다.

장군은 옷을 갈아입기 위해 잠깐 집에 들렀습니다.

부인이 장군의 얼굴을 보더니 조심스럽게 물었습니다.

"당신, 왜 그래요? 무슨 안 좋은 일이 있어요?"

장군은 한숨을 내쉬며 입을 열었습니다.

"동쪽에 있는 우리 군대가 적에게 지고 말았소."

"다른 지역은요? 다른 지역에서도 다 지고 있나요?"

"아니오. 다른 지역에서는 우리 군대가 이기고 있소."

장군은 여전히 얼굴 표정이 어두웠습니다. 다른 지역에서 이기고 있긴 하지만 동쪽에 있는 군대가 당한 게 자꾸만 생각이 났습니다.

"휴우."

장군은 깊은 한숨을 내쉬었습니다.

부인이 조용히 말했습니다.

"지금 우리 군대가 진 것보다 더 안 좋은 일이 있어요."

장군은 눈을 동그랗게 뜨며 물었습니다.

"부인, 지금 그게 무슨 소리요? 더 안 좋은 일이 있다니 그게 무슨 소리요?"

"그건 바로 당신의 표정이에요. 전쟁을 하다 보면 이길 수도 있고 질 수도 있어요. 당신의 어두운 표정을 부하들이 보면 더 크게 실망하고 좌절할 거예요. 장군이 힘을 내야 따르는 부하들도 힘을 내죠. 안 그런가요?"

부인의 말을 들은 장군은 얼굴이 붉어졌습니다.

"부인 말이 옳소. 부하들에게 용기와 희망을 줘야 하는 내가 이렇게 의기소침하고 절망에 빠진 모습을 보이다니……. 정말로 부끄럽소. 다시 힘을 내야겠소."

장군은 밝은 표정으로 부하들이 있는 곳으로 갔습니다. 그리고 부하들을 모아 놓고 자신 있게 말했습니다.

"비록 동쪽에 있는 우리 군이 지긴 했지만 그렇다고 실망할 필요는 없다. 다른 곳에서는 이기고 있고 우리가 다시 기운을 낸다면 승리는 분명 우리 것이 될 것이다. 자, 어깨를 쫙 펴고 당당하게 전진하자. 실망을 하기엔 아직 우리에게 희망이 많이 남아 있다."

"와!"

장군은 부하들에게 용기와 희망을 심어 주었고, 결국 그 전쟁에서 승리할 수 있었습니다.

밝은 생각 지혜에 가득

리더가 당당하고 자신감이 넘치면 그를 따르는 사람들 역시 의욕이 높아지고 생동감이 넘칩니다.

이해력을 길러 보아요

빈칸에 알맞은 단어를 넣어 보세요.
(은화, 지혜, 장터, 하느님, 심장, 귀한 선물, 비롯한, 혀)

1 제가 어제 ⬜⬜⬜에서 물건을 사려고 지갑 두 개를 가져왔습니다. 한 지갑에는 ⬜⬜⬜ 500닢이 들어 있었고, 다른 지갑에는 은화 800닢이 들어 있었죠. 돈을 가지고 있기가 뭐해서 어젯밤에 작은 지갑을 땅에 묻었습니다. 나머지 지갑도 땅에 묻는 게 좋을까요? 저에게 ⬜⬜⬜를 빌려 주십시오.

2 그제야 새는 깨달았습니다. ⬜⬜⬜이 자기에게 준 건 무거운 짐이 아니라 아주 ⬜⬜⬜이라는 것을 말입니다.

3 순간 다리, ⬜⬜⬜, 눈을 ⬜⬜⬜ 몸의 여러 부분은 깜짝 놀랐습니다. 혀가 얼마나 중요한지 깨달은 것입니다. 몸의 여러 부분은 모두 ⬜⬜⬜에게 사과했습니다.

사고력을 길러 보아요

1 〈내 은화를 어떻게 되찾지?〉 청년의 은화를 훔친 늙은 영감의 속셈은 무엇이었나요?

2. 〈낙타 마을로 가는 길〉 나그네가 왜 엉뚱한 길을 가게 되었을까요?

3. 〈이게 정말 암사자의 젖이냐?〉 이야기가 우리에게 전달하고자 하는 의미는 무엇일까요?

논리력을 길러 보아요

1. 〈섬은 어떻게 변했을까?〉 섬 원주민들은 왜 남자를 왕으로 받들었을까요?

2. 〈왜 금액이 같은 거죠?〉 주인은 왜 일꾼들에게 같은 품삯을 주었을까요?

3. 〈얼굴 표정 좀 바꾸세요〉 내가 장군이라면 어떻게 할까요?

재미있게 글짓기를 해 보아요

1. 나그네는, 멈추고, 나무, 그늘에서, 쉬고

2. 햇볕, 짐승들은, 자유자재로, 걸어갔습니다

3. 아무것도, 아마 절벽, 그러니 내가 최고야

다 했으면 간식 먹고 힘내자!

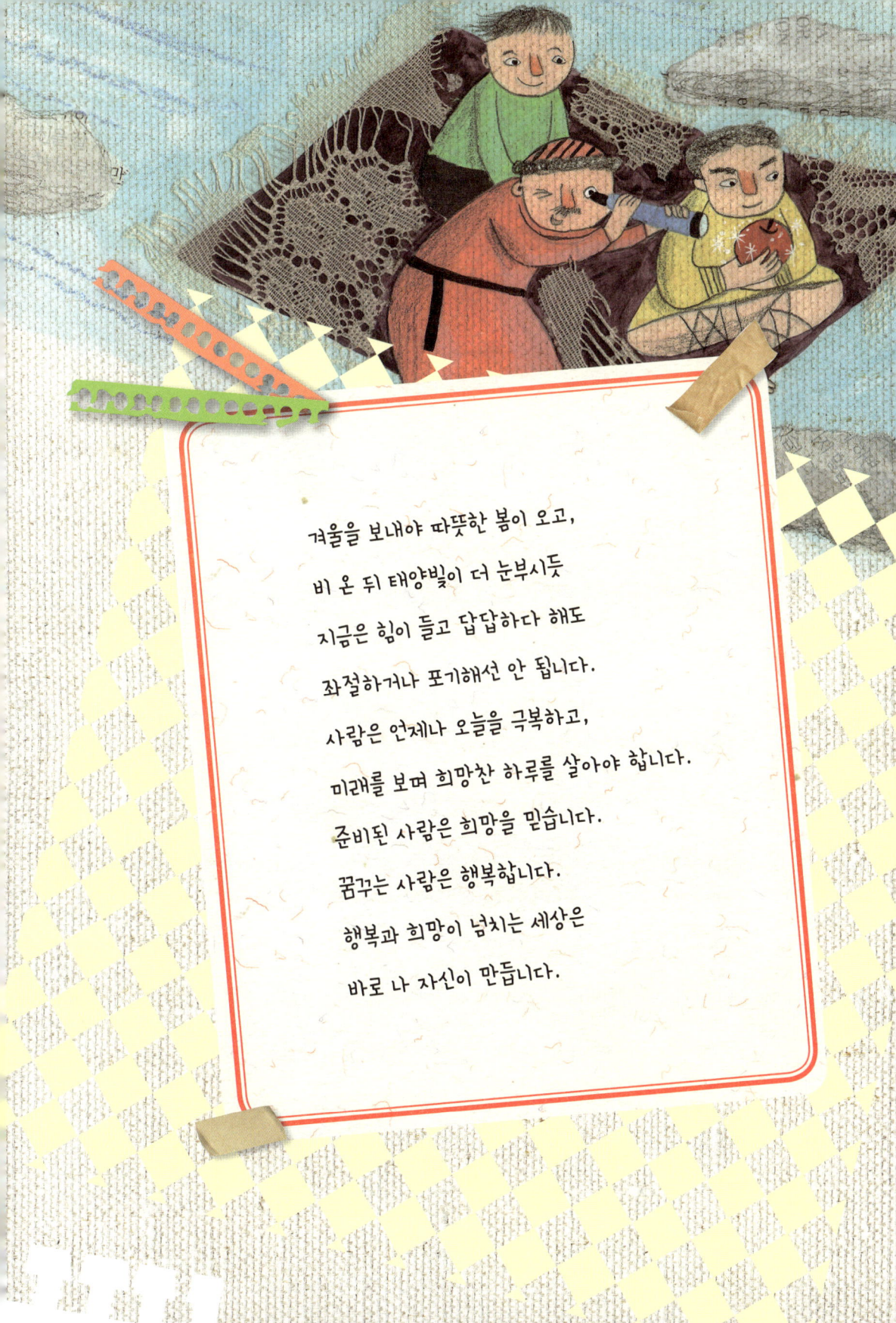

겨울을 보내야 따뜻한 봄이 오고,

비 온 뒤 태양빛이 더 눈부시듯

지금은 힘이 들고 답답하다 해도

좌절하거나 포기해선 안 됩니다.

사람은 언제나 오늘을 극복하고,

미래를 보며 희망찬 하루를 살아야 합니다.

준비된 사람은 희망을 믿습니다.

꿈꾸는 사람은 행복합니다.

행복과 희망이 넘치는 세상은

바로 나 자신이 만듭니다.

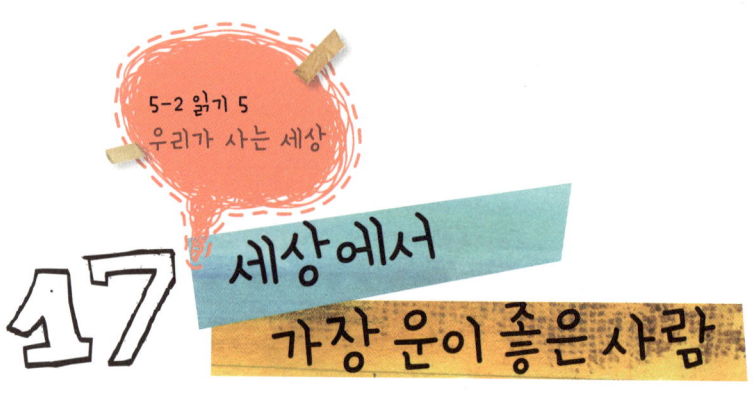

17 세상에서 가장 운이 좋은 사람

한 청년이 나귀 한 마리와 개 한 마리를 데리고 여행을 떠났습니다. 숲길을 지나니 개울이 보였습니다.

"우리 잠시 저기서 목 좀 축이고 갈까?"

청년은 나귀와 개를 데리고 개울가로 갔습니다. 청년이 먼저 양손을 모아 그릇 모양을 만들어 개울물을 퍼 마셨습니다.

"와, 시원하고 맛있다!"

나귀와 개도 목이 말랐는지 개울물에 얼굴을 처박고 목을 축였습니다.

"이제 좀 쉬었으니까 다시 출발하자."

개울을 지나자 황량한 모랫길이 나왔습니다.

"여기부터는 좀 힘들겠는걸."

햇볕은 뜨겁고 모래는 휘날리고 잠시 쉴 만한 나무 한 그루도 보이지 않았습니다. 여행길은 힘들었습니다.

어느새 날이 저물었습니다. 다행히 저 멀리 헛간 하나가 보

82

였습니다.

"그래, 오늘은 저기서 쉬어야겠군."

헛간은 비어 있었습니다. 그리고 헛간에서 좀 떨어진 곳에는 마을이 있는지 불빛이 보였습니다.

"마을까지는 가기 힘드니까 대충 여기서 자야겠다."

청년은 나무 기둥에 나귀와 개를 묶어 놓았습니다. 그리고 헛간으로 들어가 등불을 켰습니다.

"책 좀 읽고 자야지."

시간이 한참 지났습니다. 그런데 밖에서 나귀와 개의 소리가 전혀 들리지 않았습니다.

이상하게 여긴 청년은 황급히 밖으로 나가 보았습니다.

"이게 어떻게 된 거야! 세상에 이런 일이……."

끔찍한 일이 벌어지고 말았습니다. 늑대가 나귀와 개를 잡아먹은 것이었습니다.

청년은 그 자리에 주저앉아 울먹거렸습니다.

"이제 나는 어떻게 해. 나귀와 개가 내가 가진 전부인데."

청년은 슬픔에 젖어 헛간 안으로 들어왔습니다. 그런데 그 순간, 바람 때문에 등불이 꺼지고 말았습니다.

"도대체 왜 이러는 거야. 왜 이렇게 재수가 없는 거야."

절망에 빠진 청년은 지쳐 스르르 잠이 들고 말았습니다.

아침이 되자, 청년은 마을 쪽으로 갔습니다. 그런데 마을에는 노인 한 명만 있을 뿐 다른 사람은 아무도 보이지 않았습니다.

"왜 이렇게 마을이 조용하죠?"

청년이 묻자 노인이 눈물을 흘리며 말했습니다.

"어제 도적들이 나타나 마을 사람들을 다 죽였소."

그제야 청년은 자신이 재수가 없는 사람이 아니라 행운아라는 걸 알았습니다. 만약 어젯밤에 등불이 켜져 있었다면 도적에게 발견됐을 것입니다. 또한 나귀와 개가 죽지 않았다면 나귀와 개의 소리를 듣고 도적 떼가 청년이 있는 헛간으로 몰려들었을 것입니다.

청년은 더 이상 절망하지 않고 가슴속에 희망을 품은 채 다시 길을 떠났습니다.

희망을 버리지 않는 한 반드시 좋은 날이 옵니다. 아주 큰 절망에 빠졌더라도 1퍼센트의 작은 희망만 있다면 뭐든지 해낼 수 있습니다.

18 준비한 자와 준비하지 않은 자

어느 날, 왕이 신하들을 전부 불러 모았습니다.

"나랏일을 하느라 고생들이 많구나. 내가 너희를 위해 잔치를 열겠노라."

신하들은 허리를 굽실거리며 대답했습니다.

"황공하옵니다, 폐하."

왕이 사라지자, 신하들은 삼삼오오 모여 수군거렸습니다.

"도대체 언제 잔치를 연다는 거지?"

"모르지. 준비하고 기다리는 수밖에."

"언제 열릴지도 모르는데 나는 볼일이나 보고 와야겠다."

잔치를 기다리는 동안, 신하들은 두 무리로 나뉘었습니다.

첫 번째 무리는 잔치가 열리면 바로 참석할 수 있도록 준비를 하고 왕궁 앞에서 기다렸고, 두 번째 무리는 잔치가 언제 열릴지 모르니 일단 자기 일부터 먼저 하기 위해 왕궁을 떠났습니다.

그런데 그때, 잔치가 열린다는 연락이 왔습니다.
왕궁 앞에서 기다리고 있던 신하들은 잔치에 참석해
맛있는 음식도 먹고 춤도 추며 왕과 즐거운 시간을
보냈습니다. 그러나 자기 볼일을 보러 간 신하들은
잔치에 참석하지 못했습니다.

좋은 기회가 오지 않는다고 불평을 하기 전에 미리미
리 준비해서 그 기회를 내 것으로 만드는 현명함이 필
요합니다.

19 방 안에서 닭과 염소를 키우라고요?

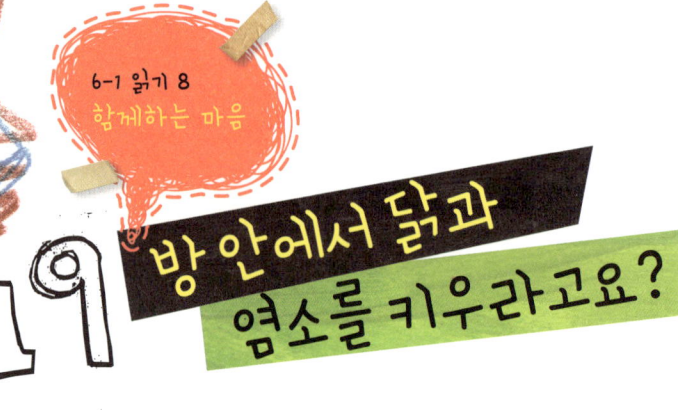

어느 마을에 가난한 농부가 살고 있었습니다.

농부는 일을 할 때마다 뭔가 그리 불만인지 항상 투덜거렸습니다.

"에이, 밭에 왜 이렇게 돌이 많아."

"참 나, 하늘에 까마귀는 왜 이렇게 많아."

"이거 참, 날씨는 왜 이렇게 더워."

농부는 일을 하다 말고 나무 그늘로 갔습니다.

그때, 한 노인이 농부 옆으로 다가왔습니다.

"아까부터 자네를 지켜봤는데 왜 그렇게 투덜거리나? 일하는 게 그리 싫은가?"

농부는 깊은 한숨을 내쉬었습니다.

"그게 아닙니다. 일하는 게 싫은 게 아닙니다. 사실은……."

"어서 말해 보게. 혹시 아나? 내가 도움을 줄지."

농부는 마음속 이야기를 꺼냈습니다.

"제발 저 좀 살려 주세요. 짜증 나고 힘들어 죽겠습니다."

농부는 또 한 번 깊은 한숨을 내쉬며 마음이 괴로운지 손바
닥으로 가슴을 통통 쳤습니다. 그리고 이어 말했습니다.

"사실 저희 집은 아주 좁습니다. 아이들이 열 명이나 되기
때문에 집 안이 온통 난장판입니다. 장난감이며 옷들이 여기저

기 너저분하게 널려 있고 아이들이 뛰어다니고 떠드는 소리에 제대로 쉴 수도, 잠을 잘 수도 없습니다. 내가 왜 이렇게 자식을 많이 낳았는지 후회가 되기도 합니다."

"아, 그런 문제가 있었군."

"더 큰 문제는 바로 마누라입니다. 마누라의 잔소리가 어찌나 심한지 미칠 지경입니다. 몸이 고단해서 좀 쉬려고 하면 왜 일을 안 하느냐며 잔소리를 하고, 전등이 고장 나면 왜 진작 손을 보지 않았느냐며 잔소리를 하고, 마당에 꽃이 시들어 죽으면 왜 물을 주지 않았느냐며 잔소리를 해 댑니다. 하루 종일 잔소리를 듣다 보면 정말로 지옥이 따로 없습니다. 도대체 제가 어떻게 해야 합니까?"

노인은 농부에게 말했습니다.

"자네, 닭을 키우고 있지? 그 닭을 방 안에서 길러 보게."

"네? 그게 무슨 말씀이세요? 닭을 방 안에서 기르라고요?"

"좀 엉뚱하다는 생각이 들지 모르지만, 일단 내가 말한 대로 해 보게."

그날 농부는 마당에 있는 닭 다섯 마리를 방 안으로 데리고 들어갔습니다. 그러자 집 안이 더욱더 복잡해졌습니다. 아이들이 떠드는 소리, 마누라의 잔소리, 거기다가 닭들은 날개를 파

닥거리며 이리저리 날아다녔습니다.

"다들 제발 좀 조용히 해!"

농부는 정신이 없었습니다. 단 1분도 방 안에서 버틸 수가 없어 밖으로 뛰쳐나와 그길로 당장 노인을 찾아갔습니다.

"어르신이 시키는 대로 했는데 오히려 더 시끄럽고 정신이 없습니다. 도대체 이게 뭡니까?"

노인은 허허 웃더니 새로운 걸 주문했습니다.

"자네, 염소를 키우지? 이번에는 염소 세 마리를 방 안으로 데리고 가게."

"네? 염소까지요? 지금도 난리인데 염소까지 방에서 키우면 저는 정말 못 삽니다."

"잠자코 내 말을 듣게. 어서 그렇게 해 보게."

농부는 고개를 갸우뚱거리면서도 노인의 말에 따르기로 했습니다. 농부는 염소 세 마리를 방 안에 풀어 놓았습니다. 그러자 방 안은 전쟁터가 따로 없었습니다. 아이들은 뛰어다니고, 닭은 꼬끼오 울어 대고, 마누라는 이게 무슨 난리냐며 잔소리를 퍼붓고, 염소는 뒷다리로 벽을 차고 아무 데나 똥을 누었습니다.

농부는 한달음에 노인을 찾아갔습니다.

"어르신 말씀대로 했더니 더 괴롭고 힘이 들고 짜증이 납니다. 이 노릇을 어떻게 해야 합니까?"

"이제 닭이랑 염소를 다시 밖으로 내보내게. 그럼 모든 것이 다 해결될 걸세."

농부는 노인이 시키는 대로 했습니다. 그러자 집 안이 조용해졌습니다. 물론 아이들이 떠드는 소리와 마누라의 잔소리는 여전했지만, 그래도 닭과 염소가 있을 때보다는 훨씬 더 나았습니다.

"아, 이제 좀 살겠네. 아이들이 떠드는 소리랑 마누라의 잔소리쯤이야 참을 수 있지."

꼬댁!

꼬꼬댁!

꼬꼬댁!

농부의 마음속에서 짜증과 불평이 사라졌습니다. 그리고 놀랍게도 아이들이 떠드는 소리와 마누라의 잔소리가 언제부턴가 아름다운 새가 지저귀는 것처럼 들리기 시작했습니다.

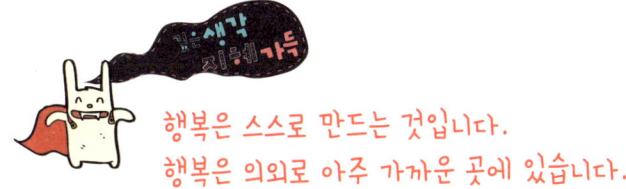

좋은생각 지혜 가득

행복은 스스로 만드는 것입니다.
행복은 의외로 아주 가까운 곳에 있습니다.

메~
머

20 가장 깊은 병은 무엇일까?

어느 날, 제자가 스승을 찾아왔습니다.

"궁금한 게 있어서 여쭈려고 왔습니다."

"그래, 어서 말해 보아라."

"스승님, 사람들은 살아가면서 여러 가지 병에 걸려 고생을 하고 있습니다. 때로는 병 때문에 목숨을 잃기도 합니다. 참으로 안타까운 일이 아닐 수 없습니다."

제자의 말에 스승은 눈을 지그시 감은 채 고개를 끄덕였습니다.

"스승님께서는 이 세상에서 가장 깊은 병은 뭐라고 생각하십니까?"

스승이 감았던 눈을 뜨며 말했습니다.

"그건 바로 마음속 깊은 곳에 자리 잡고 있

는 '마음의 병'이란다. 슬픔
과 걱정, 두려움이나 증오 따위가
마음의 병을 불러일으키지. 마음의 병
을 일으키는 원인이 되는 나쁜 감정들을
버리면 건강해지는 법이란다."

쓸데없는 걱정, 지나친 두려움,
미움과 증오는 버리고 사랑, 행복, 우정 등
좋은 감정을 마음속 가득 채우세요.

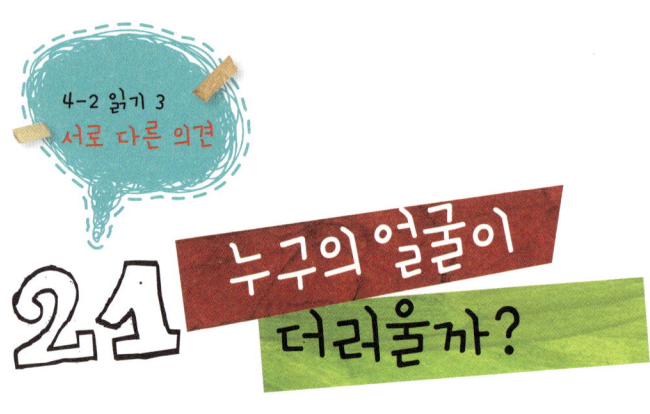

21 누구의 얼굴이 더러울까?

굴뚝 청소부인 뚱뚱보와 홀쭉이는 사다리를 타고 지붕 위로 올라가 굴뚝을 청소하기 시작했습니다. 굴뚝 안은 그을음도 많고 막힌 부분도 있었습니다.

둘은 열심히 청소를 했습니다. 한나절 땀 흘려 열심히 일을 하다 보니 어느 정도 그을음도 사라지고 막힌 부분도 시원하게 뻥 뚫렸습니다.

"거의 다 됐군."

"그래, 수고했어. 이제 아래로 내려가세."

둘은 사다리를 타고 지붕 아래로 내려왔습니다. 그런데 뚱뚱보는 얼굴에 시커먼 그을음이 묻어 있었고, 홀쭉이는 얼굴이 깨끗했습니다.

얼굴이 깨끗한 홀쭉이는 얼굴이 더러운 뚱뚱보를 보더니 한숨을 내쉬며 중얼거렸습니다.

"에잇, 얼굴이 또 더러워졌잖아. 조심한다고 했는데 이거

참……."

홀쭉이는 뚱뚱보의 얼굴을 보고 자기 자신의 얼굴도 뚱뚱보처럼 더러울 거라 생각을 한 것입니다.

반면, 얼굴이 더러운 뚱뚱보는 얼굴이 깨끗한 홀쭉이를 보더니 어깨를 우쭐거리며 말했습니다.

"나처럼 조심조심 일해야 얼굴이 깨끗하지. 안 그런가?"

뚱뚱보는 홀쭉이의 얼굴이 깨끗하기 때문에 자기 얼굴도 깨끗할 거라 믿었던 것입니다.

상대의 단점을 가려내기 전에 내 잘못은 없는지 스스로를 점검하는 태도를 가져야 합니다.

22 어떤 선택을 할 것인가?

섬마을에 두 청년이 살고 있었습니다. 한 명은 안경을 썼고, 다른 한 명은 빡빡머리였습니다. 두 청년은 낮에는 고기를 잡고 밤에는 열심히 공부를 했습니다.

"이 섬은 학교가 없어서 너무 답답해."

"그러게 말이야. 공부를 하다가 모르는 것이 있으면 물어볼 선생님도 없고."

"우리 큰 도시로 공부하러 가는 건 어떨까?"

"좋아, 그러세."

며칠 뒤, 둘은 큰 도시로 공부하러 가기 위해 짐을 꾸렸습니다. 둘은 가슴이 벅찼습니다.

"우리가 공부하러 큰 도시로 가다니 정말로 믿기지가 않아."

"정말 그래. 큰 도시에서 학교도 다니고 공부도 열심히 해서 정말로 훌륭한 사람이 되자고. 알겠지?"

"암, 그래야지."

둘은 큰 꿈을 안고 배를 타고 항해를 했습니다. 그런데 오후가 되자, 갑자기 하늘이 어두워지기 시작하더니 머리 위로 먹구름이 몰려왔습니다.

"이거 심상치 않은데. 큰바람이 불거나 비가 올 것 같아."

"큰일이네. 무사히 도시까지 가야 할 텐데."

잠시 뒤, 우려했던 대로 우르릉 쾅쾅 천둥이 치더니 비가 쏟아졌습니다. 그리고 거친 파도까지 밀려왔습니다.

"자네, 꼭 잡게. 배가 뒤집힐지도 모르니까."

"어, 알았어. 자네도 조심해."

몇 시간 뒤, 비는 멈췄지만 거친 파도에 휩쓸린 바람에 배는 큰 도시에서 조금 떨어진 어느 섬에 닿았습니다.

빡빡머리 청년은 안도의 한숨을 내쉬었습니다.

"천만다행이야. 하마터면 파도에 휩쓸려 죽을 뻔했어. 그나저나 이 섬은 너무나 아름다운데. 저기 봐, 먹음직스러운 열매도 많이 열려 있어."

"어, 그러네."

빡빡머리 청년은 배에서 내려서 섬으로 걸어 들어갔습니다. 그러자 안경 쓴 청년이 큰 소리로 불렀습니다.

"자네, 지금 어디 가는 거야? 큰 도시로 어서 출발해야 해."

빡빡머리는 뒤도 안 돌아보고 걸어갔습니다.

"가려면 자네 혼자 가. 난 이곳에서 맛있는 열매 좀 따 먹을 거야."

빡빡머리 청년은 섬의 아름다운 풍경과 먹음직스러운 열매에 정신이 팔려 큰 도시로 가야 한다는 사실을 잊었습니다.

안경 쓴 청년은 다시 소리쳤습니다.

"자네 정말로 안 갈 거야? 어서 오라니까!"

"자네 혼자 가게. 난 여기서 지내겠네."

결국 안경 쓴 청년 혼자서 큰 도시로 갔습니다.

훗날, 안경 쓴 청년은 공부를 다 마치고 유명한 학자가 되었습니다. 반면, 빡빡머리 청년은 섬에서 거지와 다름없는 비참한 삶을 살았습니다.

이루고 싶은 목표를 종이에 써서 벽에 붙여 놓으세요. 유혹이 찾아올 때마다 그 종이를 보면서 마음을 다스리기 바랍니다.

23 공주의 신랑감은 누가 되었을까?

왕에게 아주 소중한 공주가 하나 있었습니다.

"이 일을 어떻게 하지? 큰일이군."

왕의 얼굴은 먹구름처럼 어두웠습니다. 그 이유는 공주가 병에 걸렸기 때문입니다. 공주는 며칠째 제대로 먹지도 못하고 끙끙 앓았습니다.

"아버지, 저 이러다 죽는 거예요? 너무나 힘들어요."

"공주야, 괜찮다. 이 아비가 널 꼭 살려 주겠노라."

왕은 신하들을 불러 말했습니다.

"공주의 병을 고쳐 주는 사람에게 큰 상을 내리고 공주와 결혼시키겠노라."

신하들은 왕이 말한 내용을 종이에 적어 왕궁 대문에 붙여 놓았습니다.

왕궁에서 멀리 떨어진 마을에 삼 형제가 살고 있었습니다. 어느 날 첫째가 망원경으로 뭔가를 보더니 펄쩍펄쩍 뛰며 동

생들에게 말했습니다.

"저것 좀 봐. 공주의 병을 낫게 하면 공주의 남편이 될 수 있대."

"정말? 망원경 좀 줘 봐. 어, 정말이네."

삼 형제는 머리를 맞대고 공주의 병을 낫게 하는 방법을 고민했습니다.

"왕궁까지 가려면 너무나 멀어. 가는 도중에 우리가 먼저 지쳐 쓰러질지도 몰라."

둘째가 고개를 내저으며 말했습니다.

"그건 걱정하지 마. 나에게 하늘을 나는 양탄자가 있으니까. 이 양탄자를 타고 가면 돼."

옆에 있던 셋째도 다소 흥분된 말투로 말했습니다.

"나에겐 마법의 사과가 있어. 이 사과를 먹으면 그 어떤 병도 나을 수 있어."

삼 형제는 즉시 둘째의 양탄자를 타고 왕궁으로 갔습니다. 그리고 셋째가 갖고 있던 마법의 사과를 공주에게 먹였습니다.

정말로 놀랍게도 공주는 마법의 사과를 먹고 씻은 듯이 병이 나았습니다.

왕은 뛸 듯이 기뻐했습니다. 그러나 잠시 뒤, 고민에 빠졌습니다.

"그나저나 이 셋 중에 누굴 공주와 혼인시켜야 한담. 너희 생각은 어떠냐?"

첫째가 먼저 말했습니다.

"제 망원경이 없었다면 공주님이 아프다는 사실을 몰랐을 겁니다. 그러니 당연히 제가 공주님의 남편이 되어야 합니다."

그러자 둘째가 손을 내저으며 말했습니다.

"아닙니다. 저입니다. 요술 양탄자가 없었다면 이곳에 오지 못했습니다."

첫째와 둘째가 말다툼하는 동안, 셋째는 아무런 말이 없었습니다.

공주는 삼 형제를 살펴보더니 이윽고 말을 꺼냈습니다.

"저는 셋째와 결혼하겠습니다. 물론 첫째와 둘째의 말도 옳습니다. 하지만 첫째와 둘째는 여전히 망원경과 양탄자를 가지고 있지만, 셋째는 이제 아무것도 없습니다. 마법의 사과를 제가 다 먹어 버렸으니까요. 가장 소중한 것을 저에게 준 것입니다. 그러니 셋째와 결혼하겠습니다."

왕은 고개를 끄덕였습니다.

"그래, 공주 너의 말이 옳구나. 너의 뜻대로 셋째와의 결혼을 허락하마."

이렇게 해서 셋째는 공주와 결혼하게 되었습니다.

깊은 생각 지혜 가득

자신의 소중한 것을 기꺼이 줄 수도 있어야 합니다. 그 마음이야말로 세상에서 가장 아름다운 마음입니다.

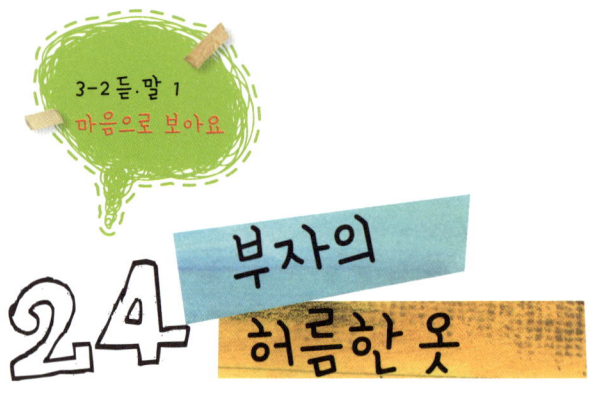

24 부자의 허름한 옷

어느 날, 도시에 사는 친구가 시골에 사는 부자 친구에게 도시로 놀러 오라고 초대장을 보냈습니다.

며칠 뒤, 부자 친구는 도시 친구를 만나러 갔습니다.

약속 장소에 친구가 먼저 나와 있었습니다.

"이보게 친구, 어서 오게나."

"이게 얼마 만이야."

둘은 서로 반갑게 인사를 나눴습니다.

그런데 도시 친구가 고개를 갸웃거리며 말했습니다.

"자네 왜 그렇게 허름하고 낡은 옷을 입었지? 혹시, 무슨 일이라도 있나?"

부자 친구는 허허 웃으며 말했습니다.

"아무 일도 없네. 난 이 도시가 처음일세. 나를 알아보는 사람도 없는데 좋은 옷을 입을 필요가 뭐 있겠나."

"하여간 자네의 검소함은 본받을 만해."

몇 달 뒤, 도시 친구가 부자 친구가 사는 시골 마을에 놀러
갔습니다.

도시 친구는 부자 친구를 보고 깜짝 놀랐습니다.

"아니, 이보게, 자네 옷이 이게 뭔가? 여긴 자네 고향이 아
닌가. 자네를 모르는 사람이 없는데 왜 이렇게 초라한 모습으
로 다니나?"

그러자 부자 친구는 허허 웃으며 말했습니다.

"이곳에서는 내가 부자라는 사실을 모르는 사람이 없는데
굳이 좋은 옷을 입을 필요가 뭐 있나? 난 이 옷으로도 충분하
다네."

돈이 많다고 해서 함부로
낭비해선 안 됩니다. 사치
하지 않고 수수한 모습으로
검소한 삶을 사는 게 좋습
니다.

25 뱀의 꼬리와 머리가 사라진 이유

짹짹짹 새소리가 들리고 나무가 울창한 숲, 그곳에 뱀 한 마리가 몸을 흔들며 스르르 지나가고 있었습니다.

그런데 갑자기 뱀의 꼬리가 입을 쭉 내밀더니 퉁명스럽게 말했습니다.

"쳇, 도대체 이게 뭐야! 왜 나는 늘 머리가 가는 대로 따라가야 하는 거야. 야, 머리야, 거기 서! 나도 이제 내가 가고 싶은 대로 갈 거란 말이야."

꼬리의 말을 들은 뱀 머리가 가던 길을 멈췄습니다. 그리고 뒤를 돌아 꼬리에게 말했습니다.

"꼬리, 너 왜 그래? 그냥 내가 가
는 대로 따라와."

"머리 너, 지금 말 다했어? 왜 네가 늘 앞에 가
는 건데? 이제 내가 앞에 갈 거야. 네가 따라오란 말
이야."

꼬리가 소리치자, 머리는 속삭이듯 말했습니다.

"너는 눈이 없어서 앞을 볼 수 없잖아. 그리고 귀도
없고 코도 없잖아. 만약에 위험한 상황이 닥치면
어떡하려고 그러니? 괜한 고집 부리지 말고 날 따
라오기나 해."

"그래도 내가 앞에 가고 싶단 말이야."

꼬리는 계속해서 고집을 부렸습니다.

"꼬리야, 우리는 한 몸이야. 그리고 내가 앞에 가는
이유는 안전한 곳으로 가기 위해서야."

"흥, 필요 없어! 그까짓 것은 나도 할 수 있어. 어서
바꿔!"

머리는 꼬리의 고집을 꺾을 수 없었습니다.

"그럼 네가 앞장서. 난 네 뒤를 따라갈게."

신이 난 꼬리는 살랑살랑 흔들며 앞으로 나

아갔습니다.

처음에는 별 문제가 없었습니다.

"진작 내가 앞에 갈걸. 별거 아니잖아."

꼬리는 으스대며 계속해서 전진했습니다.

그런데 얼마쯤 갔을까? 갑자기 꼬리가 소리쳤습니다.

"으악, 꼬리 살려. 너무 아파!"

앞을 볼 수 없었던 꼬리는 그만 가시덤불로 들어간 것입니다.

꼬리가 어쩔 줄 몰라 하자, 머리가 나섰습니다. 머리는 조심조심 가시를 피하며 꼬리를 데리고 가시덤불 밖으로 빠져나왔습니다.

"그것 봐. 하마터면 큰일 날 뻔했잖아. 꼬리야, 이제 내가 앞장설까?"

"무슨 소리야. 이건 실수야. 잔말 말고 따라오기나 해."

꼬리는 다시 앞장을 섰습니다. 그런데 얼마 가지 않아 또 위험이 닥쳤습니다. 이번에는 꼬리가 불구덩이 속으로 들어가고 말았습니다.

"앗, 뜨거워! 이게 뭐야!"

꼬리는 몸부림치며 소리쳤습니다. 꼬리가 몸부림칠수록 뱀은 더 깊은 불 속으로 들어갔습니다.

"꼬리야, 가만히 있어. 내가 해 볼게."

머리가 불구덩이를 빠져나오려고 끙끙거리며 안간힘을 썼지만, 이미 때는 늦었습니다. 불길이 뱀을 덮쳐 버렸습니다.

결국, 그 숲에서는 더 이상 꼬리의 목소리도, 머리의 목소리를 들을 수 없었습니다.

깊은생각 지혜가득

지혜로운 사람은 맡은 일에 만족하고 최선을 다합니다. 작고 하찮은 일이란 없습니다. 남과 비교하지 않고 자신의 일에 최선을 다하는 사람이 현명한 사람입니다.

이해력을 길러 보아요

빈칸에 알맞은 단어를 넣어 보세요.
(지저귀는, 여행길, 홀쭉이, 나랏일, 잔치, 모래, 짜증, 잔소리, 뚱뚱보)

1 햇볕은 뜨겁고 ▢▢▢ 는 휘날리고 잠시 쉴 만한 나무 한 그루도 보이지 않았습니다. ▢▢▢ 은 힘들었습니다.

2 ▢▢▢ 을 하느라 고생들이 많구나. 내가 너희들을 위해 잔치를 열겠노라.

3 농부의 마음속에서 ▢▢▢ 과 불평이 사라졌습니다. 그리고 놀랍게도 아이들이 떠드는 소리와 마누라의 ▢▢▢ 가 언제부턴가 아름다운 새가 ▢▢▢ 것처럼 들리기 시작했습니다.

4 얼굴이 더러운 ▢▢▢ 는 얼굴이 깨끗한 ▢▢▢ 를 보더니 어깨를 우쭐거리며 말했습니다.

사고력을 길러 보아요

1 〈세상에서 가장 운이 좋은 사람〉 왜 청년은 희망을 품고 다시 여행길을 떠났나요?

2. 〈준비한 자와 준비하지 않은 자〉 이야기가 말하고자 하는 것은 무엇일까요?

3. 〈방 안에서 닭과 염소를 키우라고요?〉 가난한 농부는 왜 불평과 짜증만 냈나요?

논리력을 길러 보아요

1. 〈누구의 얼굴이 더러울까?〉 굴뚝 청소부들은 상대방의 모습만 보고 판단했습니다. 나라면 어떻게 했을까요?

2. 〈공주의 신랑감은 누가 되었을까?〉 공주는 왜 셋째를 택했나요?

3. 〈부자의 허름한 옷〉 부자 친구는 왜 허름한 옷만 입고 있었을까요?

재미있게 글짓기를 해 보아요

1. 꼬리야, 그리고, 이유는 안전한, 그러는

2. 하늘이, 머리, 먹구름이

3. 더러운 뚱뚱보는, 홀쭉이를, 어깨를 우쭐

다 했으면
간식 먹고
힘내자!

네 번째 배움

4

나보다 우리를
생각하는 마음으로 살기

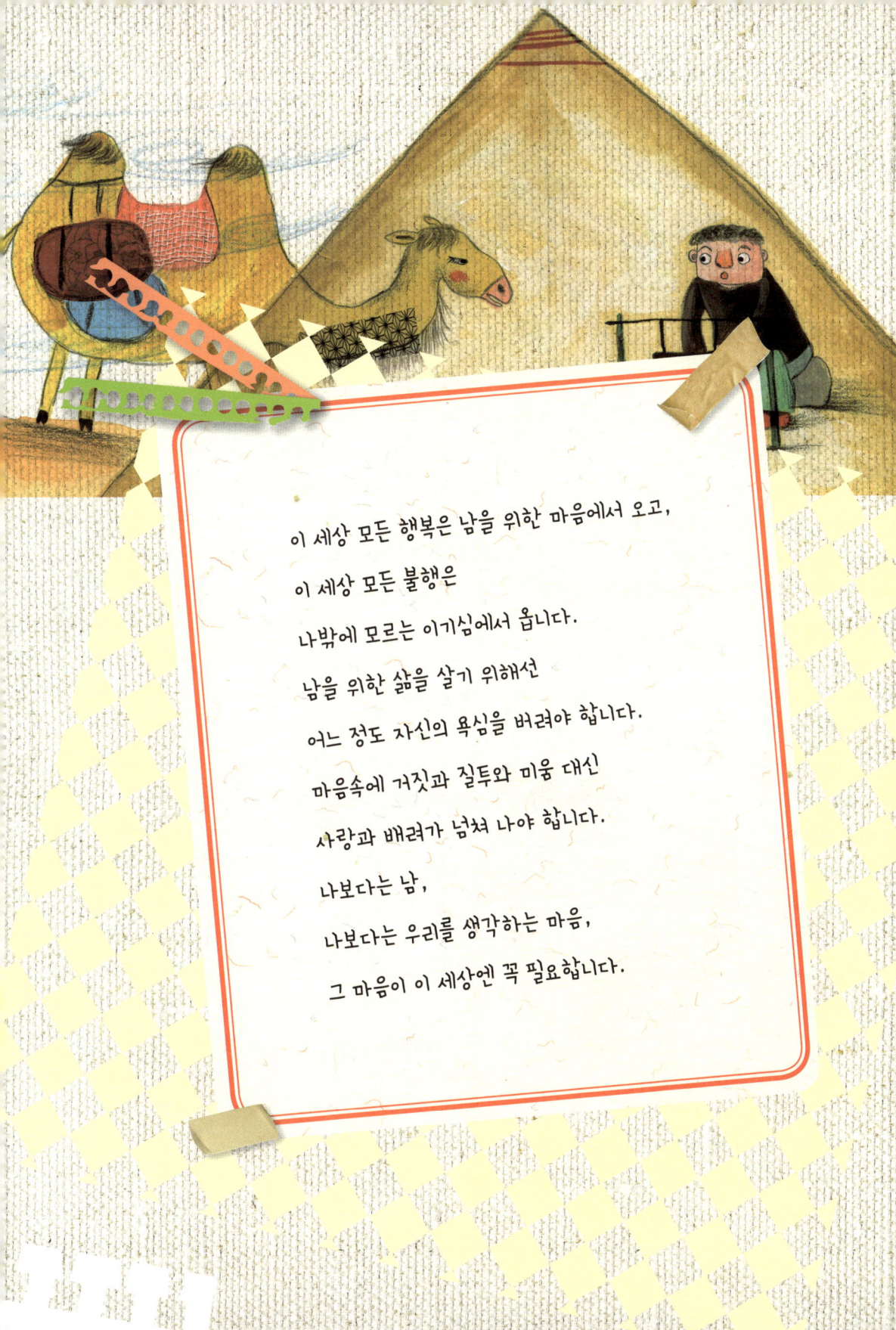

이 세상 모든 행복은 남을 위한 마음에서 오고,

이 세상 모든 불행은

나밖에 모르는 이기심에서 옵니다.

남을 위한 삶을 살기 위해선

어느 정도 자신의 욕심을 버려야 합니다.

마음속에 거짓과 질투와 미움 대신

사랑과 배려가 넘쳐 나야 합니다.

나보다는 남,

나보다는 우리를 생각하는 마음,

그 마음이 이 세상엔 꼭 필요합니다.

26 밭에서 나온 금화

"이거 받으라니까?"

"아니야. 이건 내 것이 아니야."

"무슨 소리야. 이 금화는 자네 거야."

"어허, 자네 밭에서 나온 거니까 자네 거지 왜 내 건가?"

이른 아침부터 두 남자가 티격태격 말다툼을 했습니다. 두 남자는 아주 친한 친구 사이입니다.

"이게 무슨 소린가? 난 이미 자네에게 밭을 팔았네."

"이러다 날 새겠군. 우리 마을 어르신께 이 문제를 해결해 달라고 하세."

둘은 마을에서 가장 나이가 많은 노인을 찾아갔습니다.

"자네들이 웬일인가?"

"어르신, 저희 이야기를 듣고 누가 금화의 주인인지 가려 주십시오."

"그래, 차근차근 말해 보게."

한 친구가 이야기를 시작했습니다.

"제가 첫눈이 올 즈음에 이 친구의 밭을 샀습니다. 봄이 되자, 밭에 씨를 뿌렸습니다. 그리고 어제 아주 깜짝 놀랄 만한 일이 벌어졌습니다. 글쎄, 밭을 가는데 뭔가 탁 걸리는 게 있었습니다. 그래서 서둘러 삽으로 그곳을 파 보니 상자 하나가 있었습니다. 그 상자를 열어 보니 금화가 가득 들어 있지 뭡니까? 저는 상자를 들고 이 친구에게 달려갔습니다. 이 친구에게 금화를 돌려주려고 말입니다. 제가 이 친구에게 산 것은 밭이지 금화는 아니지 않습니까?"

노인은 고개를 끄덕이며 말했습니다.

"얘기를 듣고 보니 자네 말이 맞구먼. 자네가 산 것은 밭이지 금화가 아니고말고."

그러자 옆에 있던 친구가 양손을 내저으며 말했습니다.

"어르신, 아닙니다. 이건 제 것이 아닙니다. 생각해 보십시오. 전 이미 밭을 팔았습니다. 그러니 밭에서 나온 것은 더 이상 제 것이 아닙니다. 모든 것은 밭 주인의 것입니다. 그러니 금화는 이 친구의 것입니다."

노인은 고개를 끄덕이며 말했습니다.

"얘기를 듣고 보니 자네 생각이 옳은 것 같기도 하고……."

노인은 쉽게 결론을 내리지 못했습니다. 노인은 고민에 빠졌습니다.

잠시 뒤, 노인이 미소를 지으며 입을 열었습니다.

"자네들에게 혹시 결혼시킬 자녀가 있는가?"

"예, 그렇습니다. 저에겐 장가보낼 아들이 있습니다."

"저에겐 시집보내야 할 딸이 있습니다."

노인은 손바닥을 마주치며 기뻐했습니다.

"옳거니, 그거 참 잘됐군. 이제 문제가 해결됐어. 자네들의 아들, 딸을 결혼시키게. 밭에서 나온 금화를 그 둘에게 결혼 선물로 주면 되잖아. 안 그런가?"

두 남자는 서로의 얼굴을 보며 활짝 웃었습니다. 그리고 어깨동무를 하고 흥겹게 노래를 부르며 돌아갔습니다.

아무리 돈이 많고 보물이 많다고 해도 진정한 친구가 없다면 그는 가난한 사람입니다. 진정한 친구가 있는 사람은 가장 행복한 부자입니다.

27 왜 나무를 심는 거죠?

한 노인이 뜰에 작은 묘목을 심고 있었습니다.

지나가는 소년이 노인 옆에 다가와 쪼그려 앉더니 그 모습을 지켜보았습니다.

"할아버지, 지금 뭐 하시는 거예요?"

"보면 모르니? 나무를 심고 있단다."

소년은 고개를 갸웃거리며 말했습니다.

"이 작은 나무가 자라서 열매를 맺으려면 한 30년쯤은 지나야 될 것 같은데요. 할아버지는 나이가 많으니까 그 열매를 볼 수 없을 것 같은데……."

노인은 고개를 끄덕였습니다.

"물론 그렇지. 이 나무에서 탐스러운 열매가 열리기 전에 나는 죽고 말겠지. 내일모레면 내 나이도 이제 아흔 살인데."

소년은 눈을 동그랗게 뜨며 노인에게 물었습니다.

"그런데 왜 이 작은 나무를 심으세요?"

노인은 미소를 지으며 대답했습니다.

"물론 나는 열매를 볼 수 없지. 하지만 너는 이 나무의 열매를 볼 수 있잖니, 안 그러니? 내가 이 나무를 심는 이유는 나를 위해서가 아니라 나 아닌 다른 사람들을 위해서란다."

좋은생각 지혜가득

오늘 하루, 남을 위해 할 수 있는 일을 생각해 봅시다.

28 왜 등불을 들고 다니세요?

어느 날 밤, 맹인이 이웃에 사는 친구에게 가려고 등불을 들고 집을 나섰습니다.

맹인이 한 걸음, 한 걸음 내디딜 때마다 등불이 주위를 환하게 비췄습니다.

마을을 벗어나 좁은 산길에 접어들었습니다. 맹인은 조심 조심 걸어갔습니다.

한참을 걸어가는데 맞은편에서 같은 마을에 사는 청년이 걸어왔습니다.

청년은 맹인을 보고 반갑게 인사를 건넸습니다.

"아저씨, 안녕하세요? 이렇게 어두운데 어딜 가세요?"

"어, 이웃에 사는 친구가 보고 싶어서 가는 길이야."

청년은 맹인을 보며 고개를 갸웃거렸습니다.

"아저씨, 정말로 이상해요."

"뭐가 이상하다는 거지?"

"아저씨는 눈이 안 보이잖아요. 그런데 왜 등불을 들고 있죠? 등불이 있다고 해도 어차피 앞을 볼 수 없잖아요."

맹인은 입가에 미소를 머금고 말했습니다.

"비록 나는 볼 수 없지만, 다른 사람들은 이 등불을 볼 수 있잖아. 어두운 밤, 이 등불을 보고 넘어지지 않는다면 좋지 않을까?"

이 세상은 혼자서 살 수 없습니다. 남을 배려하고 도움의 손길을 줄 때 이 세상은 지금보다 더 아름다워집니다.

3-2 쓰기 1
마음으로 보아요

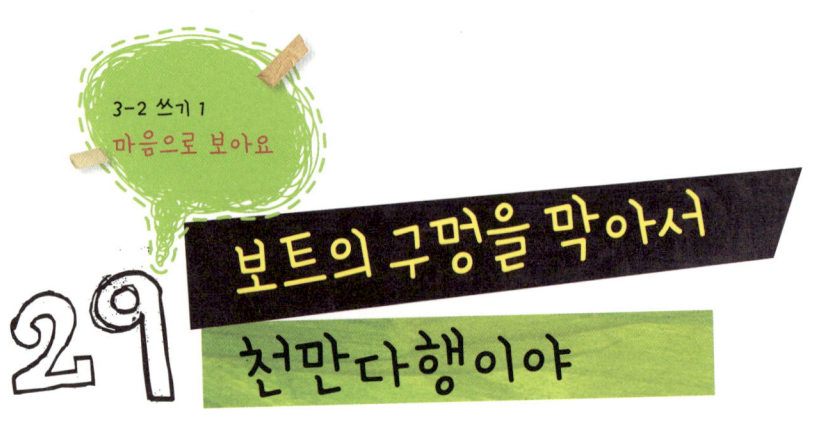

29 보트의 구멍을 막아서 천만다행이야

아빠와 엄마, 그리고 두 아들은 매년 여름이면 집 근처의 강으로 나가 보트 타는 것을 즐겼습니다. 보트 위에서 낚시도 하고 강의 중간까지 노를 저어 가 보기도 했습니다.

어느새 여름이 지나고 찬바람이 부는 가을이 왔습니다.

아이들은 무척 아쉬워했습니다.

"왜 이렇게 여름이 짧은 거야. 1년 내내 여름이었으면 좋겠

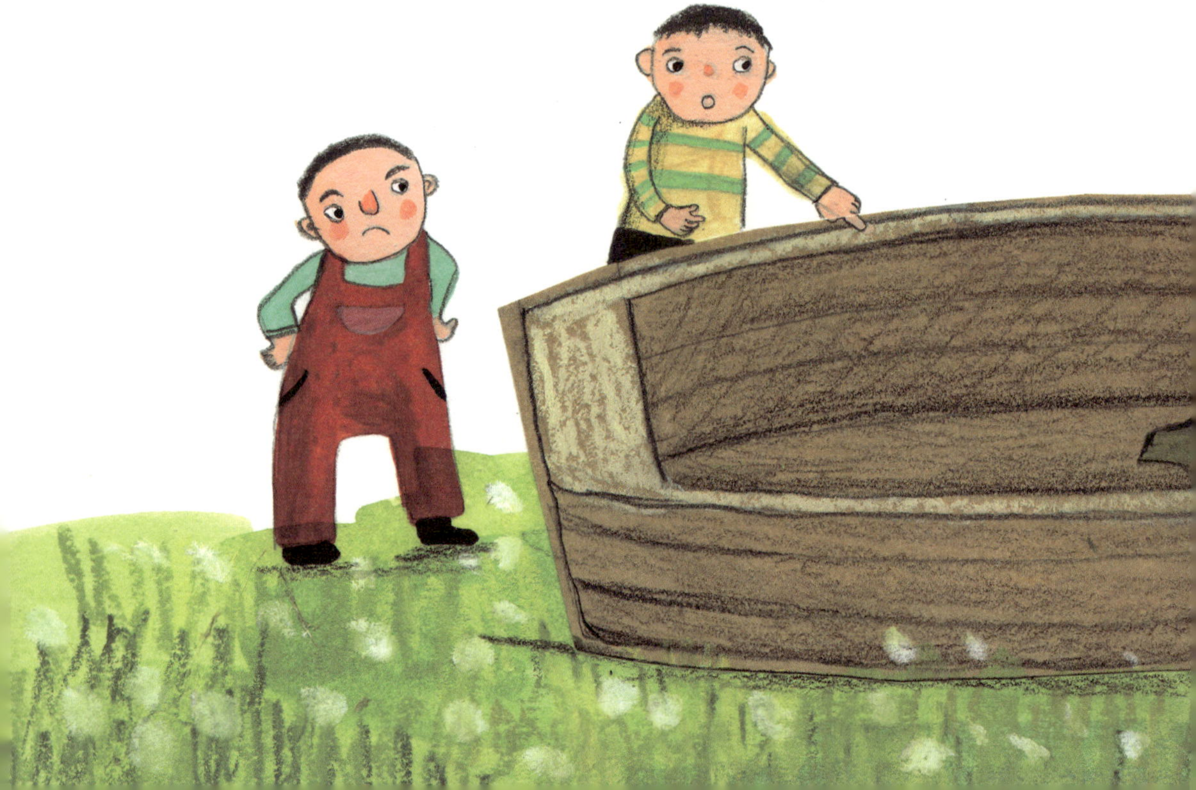

어. 그럼 물놀이를 매일 할 수 있잖아."

"그러게 말이야. 내년 여름까지 어떻게 기다린담."

아빠는 두 아들을 달래며 보트를 보관하기 위해 창고로 가져갔습니다.

"내년 여름에 타면 되니까 너무 실망하지 마. 이리 와서 아빠 좀 도와주렴. 보트가 꽤 무겁구나."

아빠와 두 아들은 끙끙거리며 보트를 옮겼습니다. 그런데 옮기는 과정에서 보트 밑바닥이 땅에 끌려 작은 구멍이 나고 말았습니다.

"이런, 구멍이 났네. 이거 어쩌지?"

"아빠, 제가 보트 수리하는 사람을 부를까요?"

아빠는 잠시 고민하더니 고개를 내저었습니다.

"아니, 됐다. 이제 곧 겨울이고 여름이 되려면 아직 멀었으니까 나중에 고치자."

아빠는 보트 수리를 다음으로 미뤘습니다.

가을이 지나고 겨울도 지나고 봄이 왔습니다.

아빠는 일을 하다가 창고에 있는 보트를 보더니 중얼거렸습니다.

"여름이 곧 다가오는데 보트에 페인트칠 좀 해야겠군."

며칠 뒤, 아빠는 페인트 기술자를 불러 보트에 페인트칠을 부탁했습니다.

늦은 밤, 일을 마치고 온 아빠는 말끔하게 페인트칠이 된 보트를 보고 만족해했습니다.

"아주 꼼꼼히 잘해 놓았군."

어느새 봄이 가고 여름이 되었습니다.

두 아들은 폴짝폴짝 뛰며 소리쳤습니다.

"와, 여름이다! 아빠, 보트 타러 가도 돼요?"

"물론이지."

아빠는 보트에 작은 구멍이 나 있다는 사실을 까맣게 잊고 있었습니다.

126

두 아들은 보트를 끌고 강가로 갔습니다. 이윽고 보트가 강물 위로 둥둥 떴습니다. 오랜만에 다시 보트를 탄 아이들은 너무나 기쁘고 행복했습니다.

"와, 정말로 재미있다. 우리 저쪽으로 가 볼까?"

"그래, 좋아."

두 아들은 보트를 타고 강 한가운데로 갔습니다.

한편, 일을 하고 있던 아빠는 불현듯 보트에 구멍이 나 있다는 사실이 떠올랐습니다.

"이거 어쩌지? 큰일이네. 보트에 구멍이 뚫려 있는데! 내 아이들, 내 아이들!"

아빠는 일을 하다 말고 강으로 뛰어갔습니다. 강으로 가는 내내, 아빠의 마음은 불안하고 두려웠습니다.

'이거 어떻게 해. 아이들은 수영도 못 하는데……. 제발 아무 일도 없어야 하는데……. 혹시, 강물에 빠져 허우적거리고 있는 건 아닐까?'

아빠는 거친 숨을 몰아쉬며 마구 달려갔습니다. 강가에 도착해 보니, 아이들이 보트를 강 가장자리로 끌어내고 있었습니다.

"어, 아빠! 아빠가 웬일이세요?"

아빠는 두 아들을 와락 껴안았습니다.

"너희 괜찮니? 정말로 괜찮아?"

"네, 우리는 괜찮은데요."

아빠는 안도의 한숨을 내쉬었습니다. 그리고 보트의 밑바닥을 살펴보았습니다.

"어, 이상하다. 분명히 여기 구멍이 뚫렸었는데. 누가 이걸 고친 거지?"

그 순간, 아빠의 머릿속에는 페인트 기술자가 떠올랐습니다.

아빠는 바로 페인트 기술자를 찾아갔습니다.

"당신이 보트 밑바닥 구멍을 막아 놓으셨죠?"

페인트 기술자는 눈을 깜박거리며 고개를 끄덕였습니다.

"아, 그거요? 보트에 구멍이 있길래 제가 손 좀 봤습니다. 그런데 왜 그러시죠?"

"고맙습니다. 당신 덕분에 우리 아이들이 살았습니다. 정말로 고맙습니다. 그때 저는 페인트칠만 부탁했는데……."

"페인트칠하다 보니 구멍을 발견하게 됐고, 혹시나 구멍을 안 막고 탈까 봐 제가 막아 놓았습니다. 전 그저 할 일을 했을 뿐입니다. 고맙긴요."

아빠는 페인트 기술자에게 고개를 숙여 다시 한 번 감사의 인사를 했습니다.

나의 작은 수고가 상대에겐 큰 만족과 편안함이 될 수 있습니다. 작은 것 하나도 남을 생각하고 아끼는 마음, 그 마음이 필요합니다.

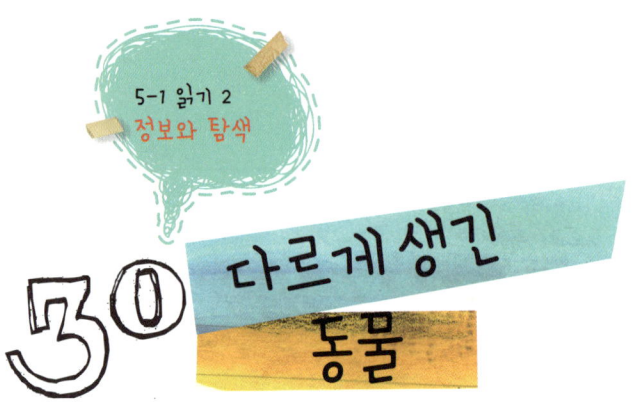

30 다르게 생긴 동물

어느 날, 왕이 양 떼 목장을 찾아왔습니다.

양치기는 고개를 깊이 숙이며 왕을 맞이했습니다.

"폐하, 이런 누추한 곳까지 오시다니 영광이옵니다. 그런데 무슨 일로 오셨습니까?"

"양들이 잘 크고 있는지 궁금해서 왔도다. 그래, 별 문제는 없느냐?"

"그, 그게……."

"무슨 일이냐? 말해 보아라."

"예, 폐하. 저기를 좀 보십시오. 양과는 전혀 다르게 생긴 동물 한 마리가 양 떼 속에 숨어 있습니다."

왕은 양치기가 가리키는 곳을 쳐다봤습니다.

"허허, 정말이로구나. 그래, 어떻게 할 셈이냐?"

"저 이상하게 생긴 동물을 내쫓을까 생각하고 있습니다. 그냥 놔뒀다가 밤에 양을 잡아먹으면 큰일이니까요."

그러자 왕은 고개를 내저으며 말했습니다.

"내쫓지 말고 네가 잘 돌봐 주어라. 다르게 생겼다고 나쁜 것만은 아니지 않느냐. 잘 돌봐 주면 저 이상한 동물도 양 떼와 잘 어울려 지낼 것이다. 내 말대로 하도록 해라."

피부색이나 생김새, 생각이 나와 다르다고 해서 남을 싫어하거나 따돌려선 안 됩니다. 다른 것도 받아들일 줄 아는 열린 마음을 가져야 합니다.

31 낫 좀 빌릴 수 있을까요?

어느 마을에 털보가 이사를 왔습니다.

집 청소도 하고 짐 정리도 하다 보니 어느새 한나절이 훌쩍 지나가 버렸습니다. 오후가 되자, 어느 정도 집이 정리가 되었습니다.

"이제 거의 다 됐다. 벽에 액자만 걸면 되겠군."

털보는 연장 통에서 망치와 못을 꺼냈습니다. 벽에 못을 박으려고 망치로 못대가리를 힘껏 내리쳤습니다.

쾅쾅쾅. 못이 벽 속으로 들어가나 싶더니 이내 튕겨져 나왔습니다. 그 순간 망치 자루가 뚝 부러져 망치가 완전히 못 쓰게 되었습니다.

털보는 옆집 문을 두드렸습니다. 옆집에 사는 사람은 목수였습니다.

"누구세요?"

"안녕하세요? 오늘 옆집에 이사 온 사람입니다."

　“그런데 무슨 일이죠?”

　“아, 망치 좀 빌리러 왔습니다. 망치질을 하다가 그만 망치 자루가 부러지고 말았거든요. 실례가 되지 않는다면 망치 좀 빌렸으면 하는데요.”

　목수는 입을 앙다문 채 고개를 저었습니다.

　“망치가 있긴 합니다. 그러나 빌려 줄 수 없습니다.”

　“잠깐만 쓰면 되는데…….”

　“빌려 주기 싫다니까요. 나는 남이 내 연장에 손대는 걸 싫어합니다."

목수는 문을 쾅 하고 닫았습니다. 털보는 기분이 언짢았습니다.

"야박하기는. 이웃끼리 망치 좀 빌려 주면 안 되나? 진짜로 너무하는군."

결국, 털보는 빈손으로 집에 돌아왔습니다.

며칠이 지났습니다.

똑똑똑.

털보의 집 대문을 누군가가 두드렸습니다.

문을 열고 나가 보니 며칠 전에 봤던 옆집 목수가 서 있었습니다.

"어, 무슨 일이세요?"

목수는 머리를 긁적거리며 말했습니다.

"부탁이 하나 있어서 왔습니다. 부탁 좀 드려도 될까요?"

"무슨 부탁인데요?"

"미안하지만 지금 당장 낫이 필요합니다. 낫 좀 빌릴 수 있을까요?"

털보는 문득, 며칠 전 일이 생각났습니다. 망치를 빌리러 갔을 때 목수는 망치를 빌려 주지 않았습니다.

목수가 다급한 목소리로 다시 말했습니다.

"낫 좀 빌릴 수 있을까요?"

털보는 활짝 웃으며 말했습니다.

"잠깐만 기다리세요. 빌려 드리겠습니다."

털보는 연장 통에서 낫을 꺼내 목수에게 건넸습니다. 목수는 고개를 숙였습니다.

"정말 고맙습니다. 지난번 저는 망치를 빌려 주지 않았는데, 당신은 저에게 낫을 빌려 주시네요. 당신은 참으로 마음이 넓군요."

그 뒤로 둘은 둘도 없는 친구가 되었습니다.

미움과 분노를 가슴에 품고 있으면 고통을 당하는 것은 자기 자신입니다. 용서는 마음과 마음을 이어 주는 끈이라는 걸 명심하세요.

5-2 읽기 6
깊은 생각 바른 판단

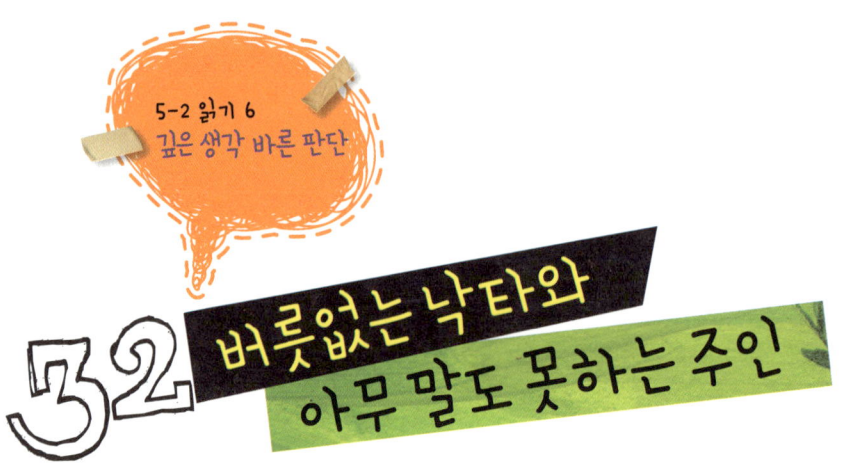

32 버릇없는 낙타와 아무 말도 못하는 주인

한 상인이 사막에 텐트를 치고 모래바람을 피하고 있었습니다. 텐트 밖에 있던 낙타가 주인에게 말했습니다.

"주인님, 모래바람 때문에 눈을 제대로 뜰 수가 없습니다. 미안하지만 머리만 텐트 안에 넣으면 안 될까요?"

"그렇게 하렴."

텐트 안에 머리를 넣은 낙타는 주인에게 말했습니다.

"주인님, 이제 눈은 뜰 수 있지만 머리만 텐트 안에 있으니까 목이 너무 아프네요. 목까지 좀 넣으면 안 될까요?"

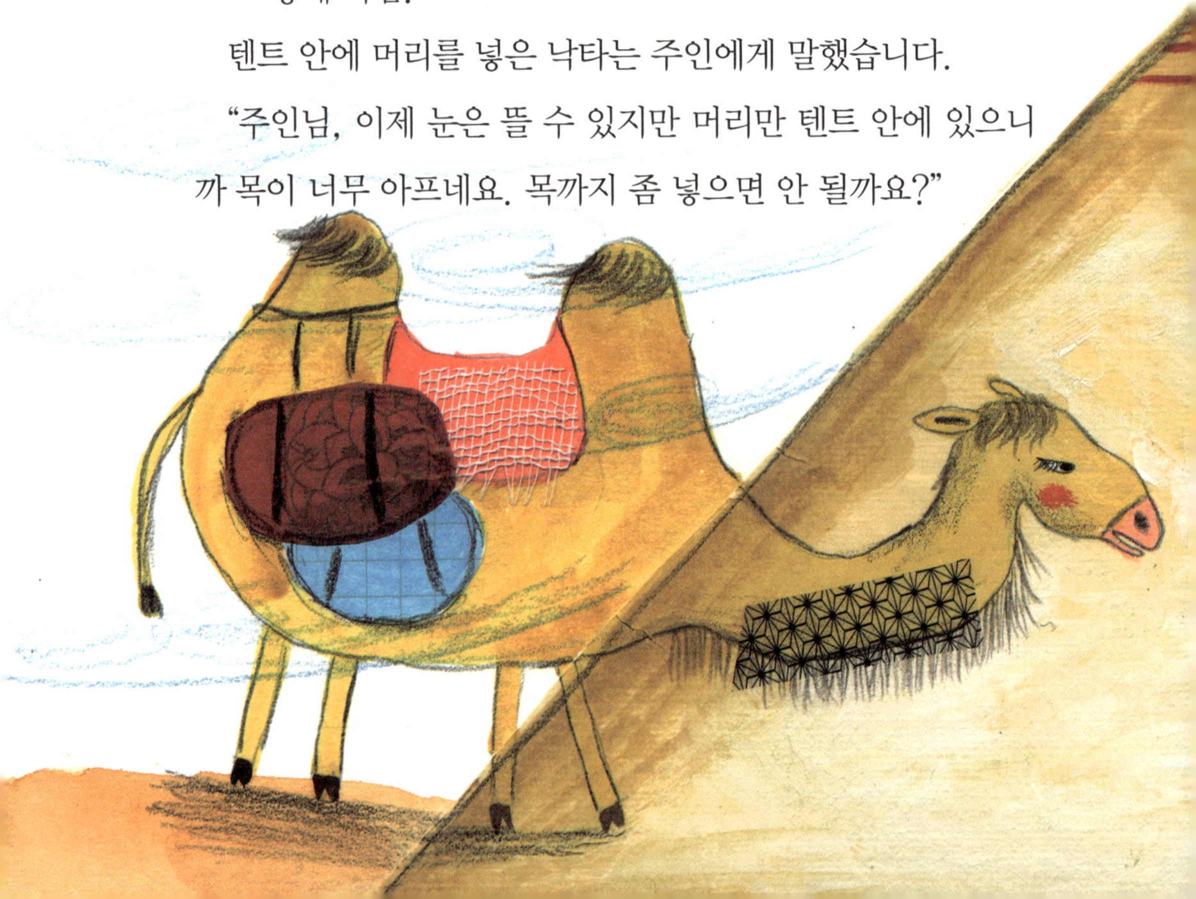

주인은 고개를 끄덕였습니다.

목까지 텐트 안에 넣은 낙타가 또 주인에게 말했습니다.

"앞다리도 텐트 안에 넣으면 안 될까요?"

주인은 이번에도 허락했습니다.

그러자 낙타는 더 요구했습니다.

"이왕 이렇게 된 거 뒷다리도 넣게 해 주세요."

결국은 비좁은 텐트 안으로 낙타가 들어오게 되었습니다.

다음 날 아침, 낙타는 텐트에서 자고 있고, 주인은 텐트 밖에서 모래바람을 맞고 있었습니다.

누군가가 잘못을 했을 때, 때론 따끔하게 혼을 내는 것도 필요합니다. 지나치게 관대하게 대하면 오히려 그 사람을 망치게 됩니다.

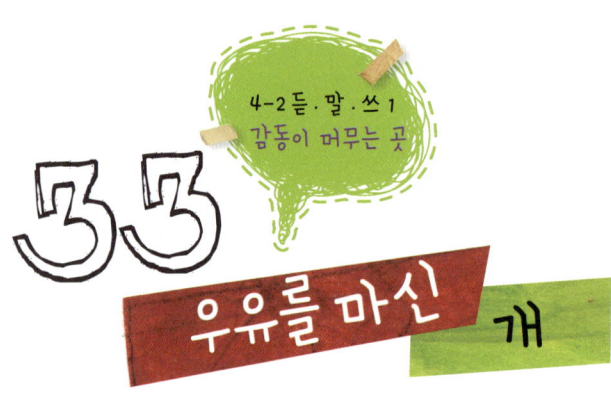

33 우유를 마신 개

　　뱀 한 마리가 집 안으로 들어왔습니다. 뱀은 온 집 안을 휘젓고 돌아다니더니 급기야는 우유병 안으로 주둥이를 넣었습니다. 그 뱀은 강한 독을 가진 뱀이어서 우유병 안에는 금세 독이 퍼지기 시작했습니다.

　　이 모든 것을 개가 다 지켜보고 있었습니다.

　　"멍멍!"

　　개는 뱀을 쫓아내려고 짖어 댔습니다. 깜짝 놀란 뱀은 창문을 넘어 밖으로 사라졌습니다.

　　잠시 뒤, 가족이 집으로 돌아왔습니다.

　　"아빠, 나 목말라요."

　　"그래? 그럼 우유 한 잔 먹으렴."

　　어린 딸이 우유병을 집어 들었습니다.

　　딸이 우유를 마시려는 순간, 갑자기 개가 딸에게 달려들었습니다. 딸이 넘어진 사이, 개는 망설이지 않고 우유를 먹기

시작했습니다. 그리고 이내 죽고 말았습니다.

가족은 우유에 독이 들어 있었다는 사실을 알게 되었습니다.

"네가 우리를 살리려고 죽은 거구나. 흑흑."

가족은 죽은 개를 껴안은 채 하염없이 울었습니다.

말 못 하는 동물이라고 괴롭히거나 학대해서는 안 됩니다. 동물도 인간처럼 존중받을 권리가 있는 소중한 생명체입니다.

이해력을 길러 보아요

빈칸에 알맞은 단어를 넣어 보세요.
(뭔가, 탐스러운, 등불을, 금화가, 모레면, 비록, 삽으로, 상자, 어두운 밤)

1 글쎄, 밭을 가는데 ⬚⬚⬚⬚ 탁 걸리는 게 있었습니다. 그래서 서둘러 ⬚⬚⬚⬚ 그곳을 파 보니 ⬚⬚⬚⬚ 하나가 있었습니다. 그 상자를 열어 보니 금화가 가득 들어 있지 뭡니까?

2 물론 그렇지. 이 나무에서 ⬚⬚⬚⬚ 열매가 열리기 전에 나는 죽고 말겠지. 내일 ⬚⬚⬚⬚ 내 나이도 이제 아흔 살인데.

3 ⬚⬚⬚⬚ 나는 볼 수 없지만, 다른 사람들은 이 ⬚⬚⬚⬚ 볼 수 있잖아. 어두운 밤, 이 등불을 보고 넘어지지 않는다면 좋지 않을까?

사고력을 길러 보아요

1 〈밭에서 나온 금화〉 두 남자는 금화를 왜 서로 자기 것이 아니라고 우길까요?

2 〈왜 나무를 심는 거죠?〉 나무를 심는 할아버지의 깊은 뜻은 무엇인가요?

3 〈왜 등불을 들고 다니세요?〉 맹인이 등불을 들고 가는 이유는 무엇일까요?

4 〈보트의 구멍을 막아서 천만다행이야〉 페인트 기술자는 왜 구멍 난 보트를 고쳐놓았을까요?

논리력을 길러 보아요

1 〈다르게 생긴 동물〉 왕은 왜 양과 다른 동물을 죽이지 말라고 했나요?

2 〈낫 좀 빌릴 수 있을까요?〉 목수는 털보에게 낫을 빌려 주지 않았을까요?

3 〈버릇없는 낙타와 아무 말도 못하는 주인〉 나라면 버릇없는 낙타를 어떻게 했을까요?

재미있게 글짓기를 해 보아요

1 나무를, 이유는, 나, 사람들을

2 한 걸음, 한 걸음, 등불이, 환하게

3 옮기는, 보트, 땅에, 구멍이 나고

다 했으면
간식 먹고
힘내자!

다섯 번째 배움

5

진실한 마음으로
문제 해결하기

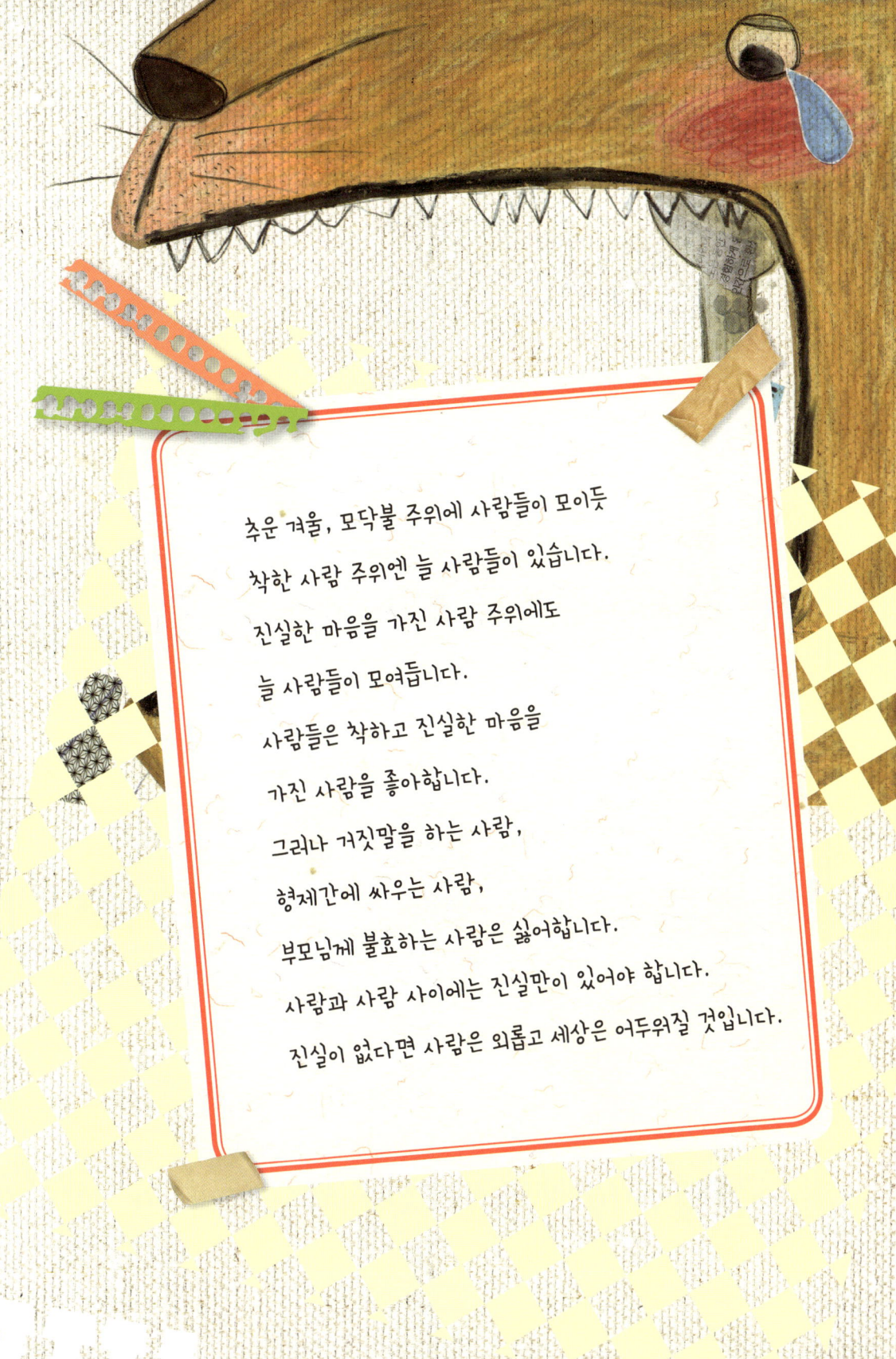

추운 겨울, 모닥불 주위에 사람들이 모이듯

착한 사람 주위엔 늘 사람들이 있습니다.

진실한 마음을 가진 사람 주위에도

늘 사람들이 모여듭니다.

사람들은 착하고 진실한 마음을

가진 사람을 좋아합니다.

그러나 거짓말을 하는 사람,

형제간에 싸우는 사람,

부모님께 불효하는 사람은 싫어합니다.

사람과 사람 사이에는 진실만이 있어야 합니다.

진실이 없다면 사람은 외롭고 세상은 어두워질 것입니다.

34 은혜를 모르는 사자

아프리카 초원에 사자 한 마리가 어슬렁거리고 있었습니다. 사자는 힘이 하나도 없었습니다.

사실, 사자는 며칠째 사냥을 실패해서 아주 배가 고픈 상태였습니다. 사자는 나무 아래로 터덜터덜 걸어갔습니다.

"배가 고파서 더 이상은 안 되겠네. 여기서 좀 쉬어야지."

사자는 배를 깔고 바닥에 철퍼덕 누웠습니다. 그늘이라 그런지 바람이 살랑살랑 불어왔습니다. 어느새 사자는 스르르 잠이 들었습니다.

늦은 오후가 돼서야 사자는 잠에서 깨어났습니다. 잠을 자면 배고픈 게 덜할 줄 알았는데 여전히 배 속에서는 꼬르륵 소리가 났습니다.

"도대체 왜 이렇게 먹잇감이 보이지 않는 거야. 이러다 굶어 죽겠네."

사자는 힘겹게 몸을 일으켜 주위를 둘러보았습니다. 그런

데 뒤편에 다른 동물이 먹고 남긴 고깃덩어리가 있었습니다.

"으음, 배가 고프니 이거라도 좀 먹어야겠다."

사자는 머리를 처박고 고깃덩어리를 먹기 시작했습니다.

"이게 얼마 만에 맛보는 고기야. 참 맛있군."

사자는 허겁지겁 고기를 먹었습니다. 그러다 그만 날카로운 뼈다귀 하나가 목에 박히고 말았습니다. 목구멍을 찔러 대

는 뼈다귀 때문에 사자는 괴로웠
습니다. 기침을 해 봤지만 소용
이 없었습니다. 사자는 발을 동
동 구르며 어쩔 줄 몰랐습니다.

그때 학 한 마리가 유유히 사
자 앞으로 날아왔습니다.

"사자님, 왜 그러세요? 왜 이렇게 입을 벌리고 계세요?"

사자는 너무나 아프고 힘들어 눈가에 눈물이 맺혔습니다.

"목에 뼈가 박혔어. 제발 이것 좀 빼 줘. 이것만 빼 준다면
너에게 아주 큰 상을 줄게."

"정말요?"

사자는 눈을 찡그린 채 고개를 끄덕였습니다.

"입을 더 크게 벌리세요. 그래야 제가 입 안을 볼 수 있죠."

사자는 학이 시키는 대로 입을 크게 벌렸습니다.

"앗, 보인다! 저기 뼈가 보인다. 저것이 사자님을 괴롭혔군
요. 조금만 기다리세요. 제가 빼 드릴게요."

학은 긴 부리를 사자 입에 넣었습니다. 그리고
부리로 목에 박힌 뼈를 톡톡 쳤습니다.

"조금만 참으세요. 거의 다 됐어요."

뼈가 조금씩 흔들리기 시작했습니다. 이윽고 목에 박힌 뼈가 툭 하고 빠졌습니다.

"사자님, 이제 어떠세요? 괜찮으시죠?"

"아, 살았다. 이제 정말로 살 것 같구나."

사자는 갈기를 흔들어 대며 기뻐했습니다. 그러더니 한 걸음, 한 걸음 어디론가 가는 것이었습니다.

학은 사자 뒤를 졸졸 따라가며 말했습니다.

"사자님, 지금 어디 가세요? 저에게 큰 상을 주려고 가시는 건가요?"

그러자 사자는 무서운 눈으로 학을 째려봤습니다.

"상은 무슨 상이야! 어서 내 눈앞에서 사라져."

학은 어이가 없었습니다.

"사자님, 좀 전에 분명히 말씀하셨잖아요. 목에 박힌 뼈를 빼 주면 큰 상을 주겠다고요."

사자는 귀찮다는 듯 퉁명스럽게 말했습니다.

"이 녀석아, 나는 이미 너에게 큰 상을 줬다."

"예? 큰 상이라뇨?"

학이 어리둥절한 얼굴로 물었습니다.

"잘 생각해 봐라. 사자의 입 안에 머리를 넣고도 살아남은 동물은 이 세상에 너밖에 없다. 내가 잡아먹지 않은 것만으로도 고맙게 생각해라. 너를 살려 준 게 내가 너에게 주는 큰 상이다. 그러니 어서 가라. 그렇지 않으면 널 잡아먹을 테다."

사자는 입을 크게 벌리고 학을 위협했습니다.

깜짝 놀란 학은 뒤로 물러나다가 그만 자빠지고 말았습니다. 학은 얼른 날개를 펴고 하늘로 도망쳤습니다.

나보다 힘이 약하다고 해서 무시하거나 업신여겨서는 안 됩니다.
오히려 그런 사람들은 더 존중해 주고 다정하게 대해 줘야 합니다.

35 거울과 유리창의 차이

돈이 많은 부자가 있었습니다. 그런데 부자는 늘 외로웠습니다. 답답한 마음에 많은 사람들의 존경을 받는 한 사람을 찾아갔습니다.

"선생님, 저는 외롭습니다. 사람들이 왜 저를 피하는지 모르겠습니다. 저는 선생님이 참 부럽습니다. 선생님 곁에는 언제나 사람들로 넘쳐 납니다. 저도 선생님처럼 되고 싶습니다."

선생은 창가로 그를 데리고 갔습니다. 그러고는 손가락으로 창밖을 가리켰습니다.

"뭐가 보이십니까?"

부자는 창밖을 이리저리 살펴보더니 말했습니다.

"지나가는 사람이 보입니다."

이번에는 선생이 그를 거울 앞으로 데리고

갔습니다.

"뭐가 보입니까?"

"제가 보입니다."

선생은 나지막한 목소리로 말했습니다.

"생각해 보세요. 같은 유리로 만들었는데, 어째서 유리창에는 다른 사람들이 보이고, 거울에는 당신 모습만 보일까요? 이제부터는 돈을 쌓아 두지만 말고 불우한 이웃을 위해써 보세요. 어느새 당신의 거울은 유리창으로 바뀔 겁니다. 그러면 당연히 외롭지 않겠죠."

좋은 생각
지혜에 가득

마음의 문이 닫혀 있으면 다른 사람이 들어올 수 없습니다. 나만 생각하지 말고 남을 위해 배려하고 친절을 베푸는 사람이 되세요.

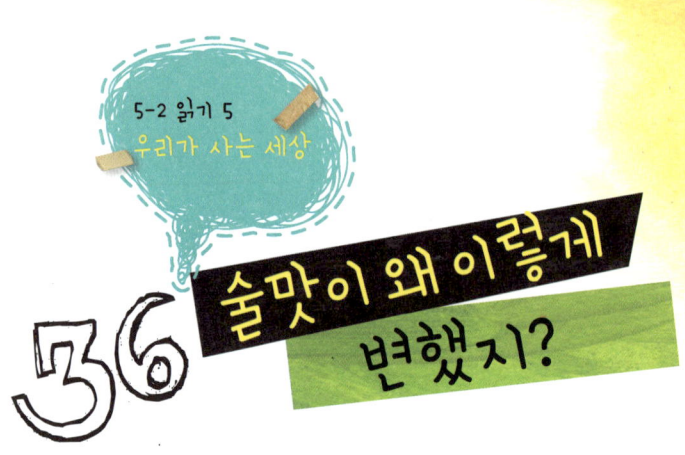

36 술맛이 왜 이렇게 변했지?

어느 날, 왕이 공주에게 말했습니다.

"공주야, 이제 너도 세상의 모든 지식과 지혜를 배워야 할 나이가 되었다. 오늘 너를 가르칠 선생님이 오실 거다. 선생님 말씀 잘 듣고 열심히 배우도록 하여라."

"예, 아바마마."

공주는 대답을 하긴 했지만, 속으로는 불만이 가득했습니다. 공부하는 게 싫었던 것입니다.

오후가 되자, 공주를 가르칠 선생님이 왔습니다.

선생님은 공주에게 깍듯이 인사를 했습니다.

"공주님, 제가 앞으로 공주님께 세상의 모든 지식과 지혜를 가르쳐 드리겠습니다."

그런데 공주가 갑자기 깔깔깔 웃기 시작했습니다.

"맙소사, 정말로 웃기다. 세상에 이런 사람이 있다니. 정말로 웃겨."

공주가 웃는 이유는 선생님의 얼굴이 원숭이와 비슷하게 생겼기 때문이었습니다. 공주는 버릇없이 선생님을 놀려 댔습니다.

"공부를 못 하겠어요. 선생님 얼굴만 보면 자꾸 웃음이 나와요. 하하하."

공주의 놀림에도 선생님은 전혀 당황하지 않았습니다. 오히려 이번 기회에 공주의 버릇을 고쳐 놔야겠다고 생각했습니다.

"공주님, 혹시 궁궐 안에 술이 있습니까?"

"당연히 있지요."

"그 술이 어디에 담겨져 있습니까?"

"항아리에요."

"공주님같이 훌륭하신 분이 왜 술을 그런 보잘것없는 항아리에 담아 놓습니까? 금이나 은으로 된 그릇에 담아 놓아야지요."

공주는 항아리에 담긴 술을 금 그릇으로 옮겼습니다. 그러자 술맛이 변하고 말았습니다.

이 사실을 안 왕은 화를 버럭 내며 공주를 호통쳤습니다.

"공주야, 네가 지금 무슨 짓을 한 거냐! 왜 술을 금 그릇에 옮겼느냐? 너 때문에 술맛이 다 변해 버렸잖느냐! 왜 이렇게 어리석은 거냐."

공주는 머리를 긁적거리며 작은 목소리로 말했습니다.

"그렇게 하는 게 좋을 것 같아서 그랬습니다. 술맛이 변할 줄은 몰랐습니다."

기가 죽은 공주는 고개를 푹 숙인 채 자기 방으로 돌아왔습니다. 공주는 선생님을 보자마자 버럭 화를 냈습니다.

"선생님 때문에 괜히 아바마마께 혼났잖아요. 왜 항아리에 있는 술을 금 그릇에 옮겨 놓으라고 했어요?"

선생님은 진지한 얼굴로 말했습니다.

"저는 공주님께 지혜 하나를 알려 드리려고 한 것입니다. 아주 귀한 것도 보잘것없는 곳에 담아 두는 게 더 좋을 때가 있는 법입니다. 아셨습니까? 그러니 제 얼굴을 가지고 더 이상 놀리지 마십시오."

공주는 얼굴이 빨개진 채 아무 말도 못했습니다.

중요한 건 보이는 것이 아니라 보이지 않는 것입니다. 외모보다는 마음속에 무엇을 채울지에 대해서 더 많이 고민하기 바랍니다.

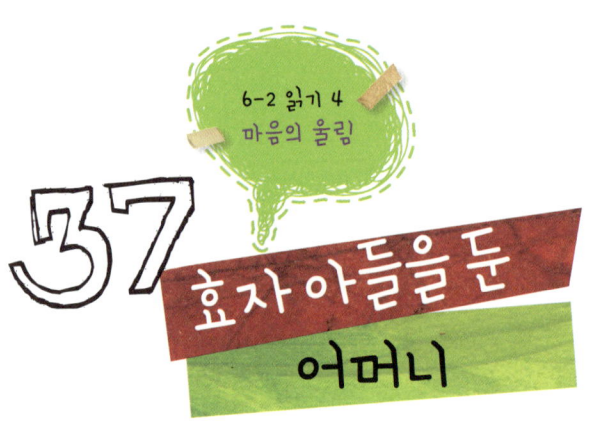

6-2 읽기 4
마음의 울림

37 효자 아들을 둔 어머니

한 아들이 어머니가 많이 아프셔서 어머니를 모시고 병원에 가는 길이었습니다.

그런데 마을을 벗어나자 험한 길이 시작되었습니다. 길은 돌멩이투성이여서 울퉁불퉁했습니다.

"어머니, 돌 때문에 걸어가기 불편하시죠?"

"아니다. 괜찮다."

순간, 아들에게 좋은 생각이 떠올랐습니다.

'그래, 어머니를 조금이라도 편하게 해 드려야지.'

아들은 갑자기 어머니 앞에 무릎을 꿇었습니다. 그러더니 손바닥을 땅에 댔습니다.

"어머니, 제 손을 밟으면서 천천히 걸으세요."

어머니는 고개를 내저으며 말했습니다.

"난 괜찮아. 어서 일어나렴. 어떻게 내가 네 손을 밟고 가겠느냐?"

그러나 아들은 꼼짝도 하지 않았습니다.

"어머니, 제가 하라는 대로 하세요. 전 정말 괜찮습니다. 어서요."

아들의 고집을 꺾을 수 없다는 걸 알기에 어머니는 어쩔 수 없이 아들의 말대로 했습니다.

아들이 무릎을 꿇고 손바닥을 땅에 대면, 어머니는 아들의 손을 밟고 앞으로 앞으로 나아갔습니다.

깊은 생각
지혜 가득

이 세상에 내가 태어날 수 있었던 건 부모님 덕분입니다. 맛있는 음식을 먹을 수 있는 것도, 학교에 다닐 수 있는 것도 부모님 덕분입니다.

38 구두쇠 부부의 초대장

햇볕이 쨍쨍 내리쬐는 어느 여름날, 마을에 소문난 구두쇠 부부에게 아이가 태어났습니다.

"으앙, 으앙!"

아이의 울음소리를 듣고 구두쇠 부부는 무척 좋아했습니다.

"드디어 아이가 나왔군. 여보, 수고했어."

아내는 이마의 땀을 닦아 내며 기쁨의 눈물을 흘렸습니다.

구두쇠 남편은 흥분한 목소리로 말했습니다.

"우리, 아이도 태어나고 했으니까 잔치를 열까?"

그러자 아내는 미간을 찌푸리며 대답했습니다.

"뭣하러 잔치를 해요? 잔치를 열려면 돈이 들잖아요. 한 푼이라도 아껴야죠."

그러자 남편이 미소를 머금은 채 말했습니다.

"좋은 생각이 있어. 초대장에 이렇게 쓰면 돼."

남편은 종이에 다음과 같이 적었습니다.

우리 집에 아이가 탄생했습니다.
아이의 탄생을 기념하기 위해
조촐한 잔치를 열려고 합니다.
많이 참석하셔서 아이의 행복을 기원해 주세요.
단, 오실 분들은 문을 발로 차세요.

아내는 고개를 갸우뚱했습니다.

"그런데 왜 문을 발로 차라고 한 거죠?"

"잘 생각해 봐."

아내는 잠시 생각에 잠기더니 이내 활짝 웃으며 말했습니다.

"아, 그렇군요. 우리 집에 올 때 양손 가득 선물을 들고 오라는 거죠?"

"그래, 바로 그거야. 바보가 아니라면 내 초대장을 받고 빈손으로 오는 사람은 없을 거야."

구두쇠 남편은 동네 사람들에게 초대장을 나눠 줬습니다.

초대장을 받은 사람들은 입을 쭉 내밀었습니다.

"문을 발로 차라고? 이 사람, 대단하구먼."

"선물 없으면 오지 말라는 말이지. 나 참!"

구두쇠 남편이 집으로 돌아오는 길에 친구 한 명을 만났습니다.

"자네도 다음 주 월요일에 우리 집에 오게. 아이가 태어났거든. 와서 축하해 주게."

"당연히 축하해 줘야지."

"우리 집 대문을 두드릴 때 손으로 두드리지 말고 발로 차게. 알겠지?"

눈치 빠른 친구는 고개를 내저으며 핑계를 댔습니다.

"미안하게 됐네. 생각해 보니 그날 중요한 약속이 있는 걸 깜빡했지 뭔가."

잔칫날이 되었습니다. 구두쇠 부부는 맛있는 음식을 차려 놓고 사람들을 기다렸습니다. 그런데 밤이 되도록 문 두드리는 소리는 들리지 않았습니다.

생각
지혜가득

절약하고 저축하는 건 좋은 일입니다. 그렇다고 자기 것만 알고 남에게 인색하거나 남의 어려움을 외면하면 곤란합니다.

39 나그네의 진심이 담긴 인사

햇볕이 뜨겁게 내리쬐는 날, 나그네가 사막을 걷고 있었습니다. 마실 물은 이미 바닥이 난 상태였습니다.

"더 이상은 못 가겠다. 너무 힘들어."

나그네는 몇 걸음도 못 가서 쓰러지고 말았습니다.

"이 사막이 내 무덤이 되겠군."

그런데 저 멀리서 뭔가가 보이는 것 같았습니다.

"어, 나무다!"

나그네는 벌떡 일어나 나무가 있는 곳으로 달려갔습니다.

나무에는 잘 익은 맛있는 열매가 주렁주렁 열려 있었고, 나무 주위에는 물도 있었습니다. 나그네는 나무 그늘에 앉아 열매도 따 먹고, 물도 실컷 마셨습니다.

나무 그늘에서 편안하게 낮잠까지 잔 나그네는 서서히 떠날 채비를 하고는 나무에게 말했습니다.

"나무야, 너에게 많은 은혜를 입었구나. 이 은혜를 어떻게

갚지? 네 열매
가 더 달게 해 달라고
빌어 줄까? 아니야, 네 열매
는 충분히 달고 맛있어. 그럼,
물을 조금 더 달라고 빌어 줄까? 아니야,
이 정도면 충분한 것 같아."

나그네는 고마운 나무에게 뭐라도 해 주
고 싶었지만, 해 줄 것이 하나도 없었습니다.

나그네는 나무에 가까이 다가가더니 나무를
꼭 껴안았습니다.

"나무야, 미안해. 너에게 해 줄 게 하나도 없구나. 앞
으로도 맛있는 열매를 많이 맺길 바랄게. 그리고 힘들고
지친 사람들에게 좋은 쉼터가 되어 줬으면 해. 지금처럼
말이야. 그럼, 잘 있어."

나그네는 다시 여행을 떠났습니다.

아무리 큰 선물이라도 그 안에 진심이 담겨 있지 않
으면 좋은 선물이 아닙니다. 진심이 담긴 작은 선물
이 오히려 사람 사이를 가깝게 만들어 줍니다.

40 때론 거짓말도 필요해

한 정직한 청년이 살고 있었습니다. 그 청년은 거짓말을 할 줄 몰랐습니다. 별명도 '정직맨'이었습니다.

청년 스스로도 살면서 거짓말하지 않고 정직하게 사는 걸 인생의 목표로 정할 정도였습니다.

그런데 어느 날, 청년은 하루에 두 번씩이나 거짓말을 하고 말았습니다.

"거짓말하지 않고 정직하게 살기로 나 자신에게 약속했는데 약속을 어기고 말았어. 나는 나쁜 놈이야."

청년은 거짓말을 했다는 사실 때문에 몹시 괴로웠습니다. 청년은 괴로운 심정을 털어놓기 위해 스승을 찾아갔습니다.

"스승님, 저는 오늘 큰 잘못을 저질렀습니다. 두 번씩이나 거짓말을 했습니다."

"정직하기로 유명한 너인데, 어쩌자고 거짓말을 했느냐? 자, 무슨 일인지 차근차근 얘기해 보렴."

청년은 그날 있었던 일에 대해서 상세히 말했습니다.

"첫 번째 거짓말은 이렇게 시작되었습니다. 오늘 저는 친구를 만났습니다. 그런데 친구 옆에 한 여자가 서 있었습니다. 그 여자는 친구의 애인이었습니다. 친구가 저에게 '내 애인 참 예쁘지?' 하고 묻더군요. 저는 그 물음에 '응, 참 예쁘다.'라고 대답했습니다. 사실, 예쁘지 않았는데 그냥 예쁘다고 거짓말을 한 것입니다."

"아, 그런 일이 있었구나. 그럼 두 번째 거짓말은 어떻게 된 것이냐?"

청년은 혀끝으로 마른 입술에 침을 바르더니 말을 이어 갔습니다.

"두 번째 거짓말은 이렇습니다. 또 다른 친구 하나가 만년필을 보여 주면서 기쁜 표정으로 말하는 것이었습니다. '얼마나 기쁜지 몰라. 이 만년필, 정말로 갖고 싶었던 거였는데 드디어 손에 넣었어. 어때? 네가 봐도 이 만년필 정말로 좋아 보이지? 그렇지?' 저는 그 물음에 '응, 정말 좋아 보인다.'라고 대답했습니다. 사실, 그 만년필은 전혀 좋아 보이지 않았습니다. 더군다나 흠집까지 나 있었습니다. 이렇게 저는 오늘 두 번이나 거짓말을 했습니다. 정직한 삶을 살자고 스스로 다짐했는데 이 모든 것이 다 무너지고 말았습니다."

스승은 청년의 손을 잡았습니다. 그리고 다정한 목소리로 말했습니다.

"오늘 한 거짓말 때문에 많이 괴로웠겠구나. 하지만 애야, 잘 들으렴. 네가 오늘 한 거짓말은 나쁜 거짓말이 아니라 착한 거짓말이란다. 아름다운 거짓말인 게지. 네가 정직하게 말했다면 아마도 친구들은 마음의 상처를 받았을 게다. 때론 거

짓말이 필요하단다. 물론 남의 기분을 상하지 않게 하고 배려해 주기 위해서지. 오늘 네가 한 거짓말은 아주 훌륭했다. 그러니 이제 괴로워하지 않아도 된단다."

스승의 말씀에 청년은 그제야 입가에 미소가 번졌습니다.

때론 남을 위해서 선의의 거짓말도 필요합니다. 남을 위한 칭찬과 격려와 배려가 담긴 거짓말은 용서가 되기도 합니다.

41 세상에서 가장 성스럽고 위대한 사람

어느 날, 어린 손자가 할아버지에게 물었습니다.

"할아버지, 이 세상에서 가장 성스럽고 위대한 사람은 누구예요?"

"글쎄다. 넌 누구라고 생각하니?"

생각에 잠겨 있던 손자가 잠시 뒤, 입을 열었습니다.

"황금으로 장식된 의자에 앉아 있는 왕이 아닐까요?"

할아버지는 고개를 내저었습니다.

손자는 다시 생각에 잠겼습니다.

"아, 생각났다! 황금이 아주 많은 부자인 것 같아요. 모든 사람들이 부자를 부러워하잖아요."

이번에도 할아버지는 고개를 내저었습니다.

"그럼, 누구예요?"

할아버지는 다정한 목소리로 말했습니다.

"힘이 세다고, 돈이 많다고 해서 성스럽고 위대한 사람이

라고 할 수는 없지. 성스럽고 위대한 사람은 매일 스스로 반
성하며 자신을 되돌아보는 사람이란다."

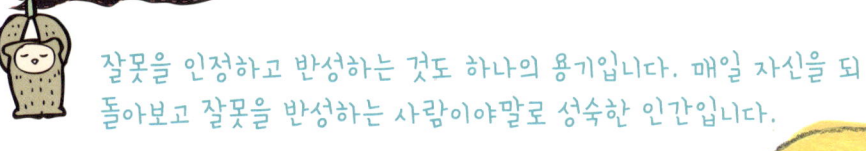

잘못을 인정하고 반성하는 것도 하나의 용기입니다. 매일 자신을 되
돌아보고 잘못을 반성하는 사람이야말로 성숙한 인간입니다.

42 인생을 참되게 사는 방법

시장은 물건을 사고파는 사람들로 북적였습니다.

"고기 사세요. 세상에서 가장 맛 좋은 고기가 있습니다."

"이 고기 언제 잡은 거예요?"

"어제 잡은 겁니다. 아주 싱싱합니다."

"가격이 좀 비싼 것 같은데, 좀 깎아 주시면 안 돼요?"

"좋습니다. 깎아 드리겠습니다."

신발 장수도 신발을 팔기 위해 큰 소리로 외쳤습니다.

"신발 사세요! 세상에서 가장 튼튼하고 편안한 신발입니다. 몇 켤레 남지 않았습니다. 어서 와 사 가세요."

사람들이 신발을 사기 위해 모여들었습니다.

"이 신발 한 켤레만 주세요."

"네, 고맙습니다."

시장은 생동감이 넘치고 분주했습니다. 그런데 시장 한 모퉁이에 한 노인이 자리를 잡고 앉아 있었습니다. 노인 앞에는 아무런 물건이 없었습니다. 그런데도 노인은 마치 물건을 파는 사람처럼 사람들을 향해 외쳤습니다.

"인생을 참되게 사는 방법을 팝니다! 필요하신 분은 어서 오세요."

사람들은 노인의 외침에 별 관심이 없었습니다. 그러자 노인은 더 큰 목소리로 외쳤습니다.

"이 시장에서 가장 중요한 물건입니다! 어서들 오세요."

노인 앞을 지나가던 젊은이가 멈춰 서더니 노인에게 물었습니다.

"아무것도 없는데 도대체 뭘 판다는 겁니까?"

"인생을 살아가는 데 아주 중요한 것입니다."

"그러니까 그게 뭐냐고요? 어서 물건을 보여 주세요."

"그건 보여 줄 수 있는 게 아닙니다."

젊은이는 어이가 없는지 노인에게 큰소리쳤습니다.

"보여 줄 수 없다니요. 물건을 봐야 살 수 있지 않습니까?"

젊은이의 큰소리에 지나가던 사람들이 뭔가 하고 다들 노인 주위로 몰려들었습니다.

젊은이는 모인 사람들에게 말했습니다.

"인생을 참되게 사는 방법을 판다고 해서 제가 그 물건을 좀 보여 달라고 했더니 보여 주지 않는 겁니다. 참 이상한 영감입니다. 안 그렇습니까?"

노인은 고개를 끄덕이며 말했습니다.

"이상하게 보일 수도 있겠죠. 물건을 판다고 해 놓고 물건을 보여 주지 않으니……. 그러나 그건 보여 줄 수 있는 게 아닙니다. 여러분이 이미 다 갖고 있지만 깨닫지 못할 뿐이죠."

"도대체 그게 뭡니까?"

사람들이 재촉하자, 노인은 입을 열었습니다.

"인생을 참되게 사는 방법은 아주 간단합니다. 그것은 자신의 혀를 조심하는 것입니다. 혀를 함부로 놀리지 않고 잘 다스리면 인생을 참되게 살 수 있습니다."

노인의 말을 들은 사람들은 고개를 끄덕였습니다.

"옳으신 말씀입니다. 오늘 이 시장에서 가장 값진 물건을 산 것 같습니다. 영감님, 고맙습니다."

한번 내뱉은 말은 주워 담을 수 없습니다. 입 밖으로 말을 꺼내기 전에 그 말이 정말 옳은지에 대해 생각해 봐야 합니다.

논술 실력을 쑥쑥 올려 주는 문제 집합!

이해력을 길러 보아요

빈칸에 알맞은 단어를 넣어 보세요.

(공주님께, 사자의, 지식과 지혜를, 불우한 이웃을, 며칠째, 고픈, 머리를, 돈을)

1 사자는 [   ] 사냥을 실패해서 아주 배가 [   ] 상태였습니다.

2 [   ] 입 안에 [   ] 넣은 동물은 이 세상에 너밖에 없다.

3 이제부터는 [   ] 쌓아 두지만 말고 [   ] 위해 써 보세요.

4 제가 앞으로 [   ] 세상의 모든 [   ] 가르쳐 드리겠습니다.

사고력을 길러 보아요

1 〈은혜를 모르는 사자〉 학의 은혜를 갚지 않은 사자의 행동을 보고 무엇을 배울 수 있을까요?

2 〈거울과 유리창의 차이〉 부자는 왜 늘 외로웠을까요?

3 〈술맛이 왜 이렇게 변했지?〉 공주의 놀림에 선생님은 어떻게 대처했나요?

4 〈효자 아들을 둔 어머니〉 왜 어머니는 아들의 고집을 꺾을 수 없었을까요?

논리력을 길러 보아요

1 〈구두쇠 부부의 초대장〉 구두쇠 부부의 초대에 손님들이 왜 아무도 안 왔을까요?

2 〈나그네의 진심이 담긴 인사〉 나그네는 왜 나무에게 고맙다고 했을까요? 또 내가 나무였다면 나그네에게 뭐라고 했을까요?

3 〈때론 거짓말도 필요해〉 왜 거짓말도 필요할까요?

4 〈세상에서 가장 성스럽고 위대한 사람〉 누가 세상에서 가장 위대할까요?

재미있게 글짓기를 해 보아요

1 사자는, 아프고, 눈가에, 맺혔습니다.

2 아주 귀한, 보잘것없는, 더 좋을 때가

3 무릎을 꿇고, 대면, 어머니는, 손을, 앞으로 앞으로

다 했으면 간식 먹고 힘내자!

탈무드
이야기

2012년 1월 15일 1쇄 발행
2022년 1월 10일 8쇄 발행

글 김현태
그림 홍희숙

기획·편집 이성애 | 교정·교열 권혜정
마케팅 한명규 | 디자인 김성엽의 디자인모아

발행처 가람어린이

출판등록 2002년 9월 16일 제2002-000291호
주소 경기도 고양시 덕양구 삼원로 63, 1015호
전화 02-323-2160 | 팩스 02-6008-2150
전자우편 garambook@garambook.com
블로그 blog.naver.com/garamchildbook
인스타그램 instagram.com/garamchildbook
트위터 twitter.com/garamchildbook 유튜브 가람어린이tv
카카오톡 채널 가람어린이출판사

ISBN 978-89-93900-19-4 63890

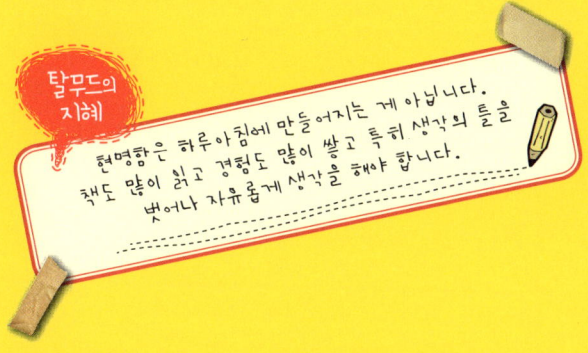